CUBANA CONFESIÓN

CLARIBEL TERRÉ MORELL

CUBANA
CONFESIÓN

PLANETA

Diseño de cubierta: María Inés Linares
Diseño de interior: Alejandro Ulloa

© 2000, Claribel Terré Morell

Derechos exclusivos de edición en castellano reservados
para los países de América del Sur:
© 2000, Editorial Planeta Argentina S.A.I.C.
Independencia 1668, 1100 Buenos Aires
Grupo Planeta

ISBN 950-49-0421-1

Hecho el depósito que prevé la ley 11.723
Impreso en la Argentina

Ninguna parte de esta publicación, incluido el diseño de la cubierta, puede ser reproducida, almacenada o transmitida en manera alguna ni por ningún medio, ya sea eléctrico, químico, mecánico, óptico, de grabación o de fotocopia, sin permiso previo del editor.

"Quien dé un paso más allá de su sombra
será abandonado por la suerte."

ALEX FLEITES, *Mientras hablaba Ifá*

"Cuando la angustia es muy persistente
puede ser sólo un tic."

DALMIRO SÁENZ

Otra vez para Sergio

A

–*Mira lo que tengo aquí –dijo mi padre.*
–*¿Qué? –preguntó mi madre.*
–*Un grano.*
–*¿Me lo dejas ver?*

Mi madre siempre dice que yo soy un grano en el culo. Los granos en ese lugar molestan mucho. No conozco a nadie que quiera tener un grano en el culo, ni siquiera cerca.

Nací en julio y mi nombre verdadero es Julia. Soy hija de mi madre y ella no se iba a romper la cabeza para buscarme un nombre. Así que sólo cambió la o por la a. La coincidencia entre mi nombre y esa fecha histórica que dio un giro a la historia de mi país, el 26 de julio de 1953, es pura casualidad, aunque si le hago caso a mi madre es mucho más que eso. Ese día Fidel Castro atacó el cuartel Moncada, en el oriente de la isla y perdió el combate, pero después lo ganó. Todavía es el presidente de Cuba y creo que va a seguir durante mucho tiempo. Yo nací, sietemesina, ese mismo día pero años más tarde y, pensándolo bien, no está mal que me llame Julia cuando pude haberme llamado Septiembra.

La verdad es que ella no tenía ganas de que yo viniera al mundo. Es decir, lo hice casi por casualidad y por casualidad patriótica, si se quiere, me concibieron.

Resulta que eran los años del entusiasmo. La Revolución tenía poco tiempo, y mis futuros progenitores eran milicianos. Ambos estaban movilizados por las Milicias Nacionales Revolucionarias para cuidar las costas de Cuba. La primera vez que se vieron fue exactamente el primer día del año de 1962 en Santa María del Mar, esa playa que está apenas a unos minutos de La Habana y que ahora siempre está llena de turistas. Cuando se conocieron no había turistas pero sí mucho frío, muchos mosquitos, y la amenaza de una invasión de los yanquis.

Fue un encuentro totalmente animal. Mi madre hacía semanas que no veía hombres y se abalanzó vorazmente a la portañuela de su compañero de trinchera. Él, confundido, la dejó hacer e hizo todo lo que le pidió. Cuando se marchó, apenas dos horas después, él descubrió que la cosa le ardía y que no sabía cómo ella se llamaba.

La segunda vez se encontraron unos kilómetros más lejos, con los yanquis tan cerca que daba lástima porque éstos eran tan cubanos como mis padres aunque, en honor a la verdad, algunas palabras en inglés decían. Era la guerra y estaban en Girón. Humo, bombas y muertos. En medio de todo, mis revolucionarios padres se volvieron a calentar y decidieron meterse mano o mejor dicho otra cosa, lo que no veo mal porque estar caliente a veces puede ser desagradable, aunque yo nunca hubiese sido tan irreverente.

Mi padre, según las fotos de la época, no era mal parecido. Mi madre tampoco.

A ratos intento imaginar a mis padres haciendo relajitos en la trinchera. Papá acostado sobre la tierra, desnudo. Tan caliente estaba el pobrecito que no pudo más que quitarse la ropa; toda, incluidas las botas altísimas. Mamá igual, sin ropas, pero encima de él. Papá acostado y mamá sentada sobre él. Papá agarrando, suave, con sus dedos mojados en saliva los pezones de mamá. Ella moviéndose con un ritmo sincrónico: arriba y abajo. Los dos gimiendo de placer. Mamá con la cabeza más arriba del borde de la trinchera, sin temor a que una bala interrumpiera la sincronía de sus movimientos. A mamá la excitaba mucho lo que tenía adentro y también el sonido de las balas y los aviones mercenarios que caían incendiados a tierra. Mamá se movía y papá gritaba: "¡Hurra!". Mamá se encajaba en mi padre y olfateaba el humo. Papá levantaba la pelvis para entrar más en mamá y aseguraba que la victoria sería de ellos. Mamá gritaba: "¡Abajo los mercenarios!". Mamá embadurnaba a mi padre de tierra. Cubría su torso y aseguraba que los yanquis no se apoderarían de ella. El pecho de mi padre estaba lleno de tierra cubana y de la saliva que mi madre dejaba caer. Mamá repetía los movimientos sincrónicos y exactos que hacían que papá levantara la pelvis. Mi madre le pedía a papá que disparara fuerte. Mi padre disparó fuerte, tanto que mamá lo sintió dentro. Sintió la bala; líquida, densa y blanca que salía del fusil de mi padre encajado en ella. Y mamá gritó alto, altísimo: "¡Qué rico, Fidel, qué rico!".

Debo decir que, entre el primero y el segundo encuentro, mi madre sufrió una importante decepción amorosa, por lo menos eso le dijo a mi padre en medio de terribles náuseas que hicieron que se demorara unos segundos más en quitarse la ropa interior.

A mi papá se le pasmó la cosa. Él se llama Alfredo. Pero como es tan patriota disimuló. Papá no podía sentirse traicionado si el otro era el Comandante en Jefe, aunque la idea de haber ocupado su lugar, por lo menos en la vagina de mi madre, lo asustó.

De cierta manera, el hecho fortuito y accidental de la supuesta cópula de mi madre y Fidel Castro marcó para siempre a nuestra familia. Mis padres no tuvieron más hijos lo que hizo que mi madre se convenciera de que soy hija de Fidel. A mi padre, Alfredo, le falta fuerza en su esperma. A mi madre le gusta la fuerza. Si tiene un buen día y alguien le cae bien va y se anima a las confidencias, incluso puede llegar a contar algunos detalles íntimos de la anatomía del Comandante. Le encanta hacerlo, sólo que cada vez que la oigo la amenazo con llamar a la policía. Entonces se calla, cierra los ojos y finge estar lejos. Al rato los abre llenos de lágrimas en una actuación perfecta. Todo el mundo se queda impresionado y prestos a dejarse matar afirmando que lo que dice mi madre es verdad: yo soy la otra hija bastarda del *one*.

Saber quién puede ser mi verdadero padre no es algo que me preocupe, aunque a veces no lo tengo claro. Creo que papá Alfredo tampoco lo tiene claro, debe ser por eso que nunca me quiso.

Mi madre tampoco me quiere. Aunque fuera la hija del *nomber one*, mamá no me habría querido.

Así que en venganza me cambié el nombre. Ahora me llamo Greta.

—Eres una comemierda —dijo mi madre—. ¡Greta, qué Greta, ni qué carajo! Te llamas Julia.

—No, mamá, me llamo Greta.

—¡Imperialista!

—¿Qué?

—Naciste para avergonzarme. Greta es el nombre yanqui de una actriz lesbiana. ¿Acaso tú eres lesbiana?

—No, mamá, no soy lesbiana. Me gustan los hombres.

—Era lo único que me faltaba. Una hija lesbiana.

Mi madre es así. Hace la historia a su gusto, pero siempre le da un triste final. La pobre no soporta la felicidad. Tampoco que me haya cambiado el nombre. Así que insiste con eso de:

—¡Julia, Greta, mierda, ven acá!

—¿Qué quieres, mamá?

–¿Todavía te gustan las mujeres?
–No, mamá, nunca me han gustado las mujeres.
–No lo creo.

Mi madre nunca cree nada pero por lo menos ahora me dice Greta y eso me alegra. Julia no es tan feo, pero yo sólo respondo por Greta. Ése es el nombre que siento como mío. No sé por qué. Quizá porque vi ciento veintitrés veces *La dama de las Camelias* y soy un poco Margarita y Margarita era Greta Garbo y yo soy fanática del cine.

Un día estaba en la sala de la casa de mi madre conversando con una amiga. En la televisión Fidel hablaba y mi madre volvió con el viejo cuento de su romance con el jefe. Mi amiga se asustó porque mi padre Alfredo escuchaba la conversación. Seguro que pensó que se iba a armar la de San Quintín pero mi viejo, el muy cornudo, sólo sonreía. Mi abuela, que en un raro destello de urbanidad estaba haciendo café, salió de la cocina y dijo: "Esta hija mía es una comemierda, si hubiera sido yo, el Comandante no salía de debajo de mi falda. Lo hubiera apapayado, bien apapayado". Entonces, abochornada, pensé que mientras estuviera en La Habana mi vida siempre sería igual y me dije: "Greta, tienes que salir al mundo". Mi amiga, comprensiva ante mi desgracia, me mandó a ver a su padre que vive en Regla.

Lo llamé por teléfono. La brujería en Cuba está modernizada. Le conté lo que me pasaba y ahí mismo me dijo:

–Busca un gallo.

Buscar y encontrar un gallo en la isla es difícil, además mi gallo tenía que ser completamente negro. Caminé toda La Habana y los barrios adyacentes. Al fin, cerca del aeropuerto José Martí, encontré una vieja que me vendió uno. Además de los setenta pesos, tuve que regalarle mi reloj chino y hacerle el cuento de para qué quería una gallo negro. Le conté la verdad. Cuando me fui la vieja se empinó un vaso de aguardiente y me gritó:

–¡Puta!

No le presté atención e intenté llegar por mar a Regla. Regla es un lugar hermoso, es Cuba pero no es Cuba, quizá porque uno tiene que cruzar el agua y puede sentirse como Noé en su arca llena de animales, o como Robinson Crusoe en su isla, más solo que la soledad, depende de cómo se mire o, mejor dicho, cómo se esté. Regla también es el pueblo de la brujería, de la espera y de la esperanza. A veces puede ser como el paraíso, un paraíso extraño, pero paraíso al fin.

Mi primer intento se quedó en la nada. La lanchita estaba rota y quise ir por tierra pero el chofer no me quiso dejar montar con un animal. Si eso era una premonición, era bastante jodida. Pero soy una gran persistente. Regresé al otro día al muelle, esperé que arreglaran la lanchita y me lancé al mar. No de forma tan literal.

Me subí por la popa e hice los diez minutos de viaje tomada de la mano de un negro grande que olía a brillantina de pelo, mientras con la otra sujetaba la bolsa con el gallo adentro. Cuando éste sintió el bamboleo del agua comenzó a cantar quiquiriquí, quiquiriquí.

De más está decir que todo el mundo me miraba. Yo hacía como que sonreía hasta que en medio de la bahía el gallo dejó de cantar. ¡Mi madre! Todo el mundo se dio cuenta.

El negro me dijo:

—Oye, tú, ¿qué le pasó al gallo?

Lo miré e hice un gesto de no saber. Él, con parecida mímica, me indicó que abriera la bolsa.

—¿Con qué mano, negro? —pregunté.

—Espérate un momento que yo te sujeto —dijo él.

Me sujetó bien. Sentí cómo dos enormes tenazas apretaban mi cintura y amenazaban con hacerme puré. Al fin abrí la bolsa. Ahí estaba el gallo con el pico abierto y los ojos en blanco. Lo vi y me asusté. El negro se puso cenizo.

—Negro, el gallo se murió —alcancé a decir.

Por un milagro no caí al agua, el negro me soltó de la cintura y me dejó haciendo equilibrio en la popa.

—Pá allá, chiquita. Traes la mala suerte contigo.

No pasó ni un segundo cuando ya todo el barco sabía que el gallo estaba muerto. Yo tenía ganas de llorar y en eso se apareció un tipo, creo que era el mismo capitán, y me dijo:

—¡Bájate!

—¿Cómo me voy a bajar?

–¡Que te bajes, coño!
Miré a mi alrededor y vi que todo el mundo quería que yo lo hiciera, nadie parecía darse cuenta de que estaba en medio del mar.
–No sé nadar, capitán.
–No me importa. Bájate.
Me gritó histérico y creí que me iban a tirar al agua. En eso vi a un policía en medio de la lancha.
–¡Agente, agente, policía aquí, sálveme!
Estaba desconsolada, y a punto de soltar la bolsa con el gallo.
–¿Qué es lo que pasa, ciudadana?
–Mire, me quieren echar al mar. Mi abuela se está muriendo y yo llevo un gallo para hacerle una sopa, el gallo se murió y ahora esta gente quiere que me tire al mar.
El policía, que hablaba como la gente de Guantánamo, me miró con picardía.
–Así que un gallo para tu abuela y tu abuela vive en Regla y Regla es el lugar de la brujería y los gallos negros se usan en la brujería.
–Se lo juro, agente. Por mi abuela que se muera –aseveré feliz. Si mi abuela se moría me iba a alegrar.
–Nadie la va a echar al agua –dijo el policía.
Miró fijo al capitán.
–Cien pesos de multa por atentar contra la vida de una persona.
El capitán pagó sin chistar. Yo me reí. Entonces me miró a mí y habló.
–Tú, ciudadana, cien pesos por escándalo públi-

co y cien pesos más por transportar animales en vehículo estatal no autorizado.

La risa se me borró de la cara. No tenía doscientos pesos en la cartera, ni siquiera cincuenta y se lo dije. Él miró mis bonitos zapatos. Entendí el gesto. Me quité los zapatos y se los di.

Nadie en la lancha dijo nada. Y como estábamos llegando al embarcadero miré la iglesia y pensé: ¡Virgencita de Regla, voy a ir descalza hasta el altar y después a lo del viejo brujo! ¡Ayúdame a que este policía de mierda regrese a Oriente!

Había pedido el mayor castigo para el policía. La Habana estaba llena de orientales que no quieren regresar al campo. A veces me acuerdo del policía y me pregunto qué haría con mis zapatos, dónde estará ahora. No creo que haya vuelto a Guantánamo.

En resumen, terminé de cruzar la bahía, sin mojarme, con el gallo muerto en la bolsa.

Cuando llegué, el padre de mi amiga me dijo que el gallo se había muerto de sed. Alzó la ceja derecha y juro que de sus ojos salió candela. Empecé a temblar. En verdad no le di agua en dos días. Me costó setenta pesos el pobre animal, una cifra como para no olvidar el agua.

El viejo Agustín me vio descalza y no hizo ningún gesto de extrañeza, debía estar acostumbrado a ver cosas peores. Tenía como cien años y mil arrugas, pero ni una sola cana. Le hice el cuento del policía. Se quedó callado como pensando hasta que levantó sus inmensos ojos negros y dijo:

–Blanquita, eres de allá pero como eres amiga de mi hija, te regalo el pollo. Ahora, si haces dinero allá afuera acuérdate de mí.

Si hacía dinero, claro que me iba a acordar de él, podía incluso comprarle una casa que no se estuviera cayendo, un manto de oro para la virgen; lo que fuera. Pero no le dije nada. ¿Y si no lo hacía?

Caminamos hasta el final de la casa. Un olor a excremento, sangre y tierra llenó durante todo el tiempo mi nariz. Había brujería por todos lados e imágenes de santos, algunos los reconocí, otros nunca supe quiénes eran pero por si acaso iba andando y pidiéndoles a todos fuerza, valor y suerte.

Los pies descalzos me empezaron a doler. Tengo la piel sensible. En un momento pensé que me quedaría parada como una estatua. Alcé los ojos para pedir ayuda, entonces, en un rincón, vi a un hermoso Changó y unas seis jaulas llenas de gallos negros. El viejo se sonrió ante mi cara de susto y me puso enfrente uno muy parecido a mi finado, y también un plato blanco, manteca de cacao y un coco.

–El plato no es nuevo como indica la ceremonia, pero los santos conocen la necesidad –explicó mientras se inclinaba hacia el animalito que no tuvo tiempo de sentir nada porque con un movimiento certero lo decapitó.

La sangre del gallo me salpicaba la ropa. El viejo le pisó la cabeza y retorció sus dos patas, luego tiró con violencia hacia arriba. Yo miraba aterrada la cabeza aplastada del pobre gallo que cada vez se aplastaba más, hasta que se desprendió del resto de su cuerpo como si hubiera usado un cuchillo.

Había sangre, mucha sangre regada en el piso mientras el viejo se ponía de pie.

Alzó el gallo. Yo cerré los ojos.

Los abrí cuando sentí algo caliente correr por mi propia cabeza. La sangre del gallo se mezclaba con mi pelo y corría por mi cara cubierta con ese polvo blanco que se hace con la cáscara del huevo bien triturada y que se llama cascarilla.

–Levántate la blusa.

Lo oí y temblé. No tenía puestos ajustadores y no quería que me viera así. Relajito conmigo, eso sí que no. Además no quiero negros en mi cama. Supongo. Nunca me acosté con un negro. Si algún día decido hacerlo seguro que no lo haré con un viejo.

Él volvió a gritar y me asusté, me levanté la blusa ligeramente. De un tirón me la subió hasta el cuello y sentí sus dedos sobre mi espalda hacer la señal de la cruz.

Enseguida me la acomodó y volvió a sentarse en el piso de donde tomó un trozo de coco embarrado de manteca de cacao. Se lo metió en la boca y comenzó a masticarlo. Sentí asco mientras pensaba que me iba a obligar a comer eso. Pero no, comenzó a hablar, creo que rezaba, después escupió la mezcla en el plato; la recogió con sus dedos manchados de nicotina y me la pasó por el pelo. Estaba a punto de decirle que el coco, la manteca de cacao y la sangre del pollo no eran un buen baño de crema, cuando me mandó a sacar el pañuelo blanco que me pidió por teléfono y me lo amarró en la cabeza. Con el resto del coco que quedó en el plato hizo un pequeño paquete y dijo:

–Éste échalo al pie de las paralelas del ferrocarril y agradece a la Virgen de las Mercedes, bajo cuya advocación se hizo este lavado de cabeza y a Yemayá por darme su poder. Deja tres pesos por ahí y vete.

Le di las gracias y cuando llegué a la puerta me viré para decirle adiós.

Él se estaba riendo.

–Blanquita, hoy por la noche nada de revolcadera.

–¿Qué?

–No sexo, no singadera –dijo lapidario y yo asentí.

Regresé a La Habana con el pañuelo blanco en la cabeza, un par de zapatillas rotas cuatro números más que el mío, regalo del viejo Agustín, y el presentimiento de que mi vida iba a cambiar.

Al otro día conocí al Facu.

Todo fue por casualidad. Tenía hambre y llamé a mi amigo Jacobo. Él me dijo que pasara por su trabajo. Antes tenía que ir a lo de mi madre. Llegué y no estaba. La muy cabrona se olvidó de que yo iría. Así que me quedé un rato mirando entrar a las parejas que iban a hacer el amor en la esquina. Vine al mundo en el mismísimo y habanero barrio del Cerro, a una cuadra del parque Manila, justo frente a la terminal de micros y la posada. Crecí viendo a los enamorados hacer fukifuki y luego escapar en la primera guagua que salía del paradero. De ese impulso de huida algo mamé para siempre.

Las parejas entraban y salían, algunas más contentas que otras. Esa mañana me puse a tratar de imaginar cuáles habían llegado al orgasmo y cuáles no, si lo hicieron por *alante* o por atrás o por los dos lados, pero me cansé. Ahí me di cuenta de que al nombre de la posada le faltaban dos letras y me dio risa.

La mayoría de la gente común cuando oye hablar de posadas se imagina un lago donde nadan cisnes rosados y todo es lindo como en las películas. Quienes poseen esa imaginación privilegiada nunca han estado en una cubana, y si algún día llegan a ir, seguro que pensarán en el suicidio. Pero ni siquiera eso se les va a hacer fácil. Primero, porque en la mayoría no hay sábanas, así que si quieren ahorcarse, no pueden; no hay agua, así que tampoco pueden ahogarse. Lo que sí puede pasar es que alguno se enferme y no encuentre con qué curarse. Pero aun así me gustaría verle la cara a cualquiera que entre.

Cuando me cansé me fui, le dije adiós a mi abuela y no me contestó. Le estaba enseñando una teta al vecino de al lado.

El pobre Jacobo estaría cansado de esperarme. Él es mi mejor amigo. El mejor cocinero de toda La Habana. Por respeto a él no hablaré de los cisnes rosados. Amo los animales, lo que no quita que la justa mitad de mi cuerpo, ésa que es más voluminosa, se alimente con la carne que mi amigo Jacobo se robó y aún roba del zoológico de La Habana.

Yo, en la puerta que da para la calle 26, estaba esperando bajo el sol con gafas y sombrillas, más que nada para esconder mi cara de la policía hasta que viniera Jacobo. Nunca quiso aclararme si era de león o de mono lo que había dentro del paquetico, pero a mí no me importaba. El asunto era comer carne, saliera de donde saliere. Estoy segura de haber comido de todo: gato, mono, león, incluso elefante.

El elefante no sabe tan mal, al menos si al cocinarlo le echas sal y mucha cebolla. Por culpa del elefante casi dejo de hablarle a Jacobo.

Hacía dos días que se había anunciado la muerte del animal y, a pesar de mis advertencias, Jacobo salió del zoológico con una bolsa enorme, dentro la carne. Me ajusté las gafas y miré a un lado y a otro.

El pobrecito Jacobo temblaba, creí que de miedo. Su camisa amarilla y el pantalón rojo parecían bailar con los movimientos de su cuerpo flaco, su pelo, planchado a lo Beethoven, saltaba rítmicamente tapando su prominente nuez de Adán.

–Después te explico –dijo.

Yo me callé hasta que montamos en un taxi.

–Hijo de puta, ¿qué te pasa?

–Después te explico, Greta, por favor.

No dije nada más hasta que estuvimos en la cocina de su casa y se echó a llorar.

–Greta, le mentí a la reina de Inglaterra.

–¿Qué?
–Sí, le escribí anunciándole que en nueve meses pariría un hijo varón.
–¡Eh!
–Pero no puede ser, acabo de caer con la menstruación.
–¡Vete a la mierda!
–A la mierda no, Greta, me iba a ir a la yuma. Coño, la reina le va a dar un millón de pesos al primer hombre que salga embarazado. Greta, yo creí que lo estaba.

La verdad es que no sabía si reírme o llorar y para no dejarme tentar por ninguna de las dos cosas, mientras él cocinaba me fui a sentar al malecón, cerca de la fortaleza del Morro, ese lugar que dice que estás en La Habana y no en otra parte del mundo, por lo menos para las fotos. Encendí un Popular y fumando me dispuse a mirar la fauna que acostumbra pasear por allí.

No tuve que esperar mucho cuando se apareció un negro con una grabadora al hombro, una botella de ron en el bolsillo del pantalón y pegada, más que pegada, adherida a su piel, una rubia oxigenada, made in Canadá. Supe que era de Canadá por la cara y por el pullover que llevaba puesto. Decía: "¡Welcome to Ontario!".

No sé qué le encuentran las rubias a los negros. El negro me miró con mala cara porque escupí en el preciso momento en que sus zapatillas Nike pisaban la acera.

–Discúlpame, tengo catarro –dije. El negro no me hizo caso. Estaba entusiasmado con su rubia.

–Vos lo hiciste a propósito.

Escuché una voz cerca de mi oído y di un salto que por poco me arroja al mar y a los tiburones. Miré y ahí estaba Facundo, el Facu para los amigos, con una gorra verde olivo en la cabeza, una mochila al hombro y dos libros en la mano.

Argentino, pensé por el acento. Estuve a punto de gritar: ¡Che Guevara, Maradona, Gardel, Mirtha Legrand!, como hacen casi todos en la isla cuando oyen esa tonada. Pero sólo pregunté:

–¿Tú crees?

–Te vi.

–Tengo catarro –repetí porque no me hacía gracia la atención que él profesaba hacia mi escupida, que de pronto se evaporó por la fuerza del sol.

–Desapareció –dijo él.

Y a mí me dieron ganas de reír. Los turistas suelen ser tan tontos, principalmente los que van a Cuba. Algunos quieren ver Revolución en todo, incluso en una simple escupida sobre las zapatillas de un negro con una rubia.

–Hace calor, ehh.

–Mucho –le respondí y lo miré fijo. Era hermoso. Tenía buenos músculos. Sin querer mi mirada bajó y se detuvo ahí, donde se unen las dos piernas. Él pareció no darse cuenta.

–¿Sabés dónde se puede tomar algo, tipo gaseosa?

Le indiqué el hotel Deauville. Creo que no le

gustó mucho. El hotel no es feo y lo estaban pintando pero en la puerta había varias chicas con caras de putas. Eso no le pareció bien, porque preguntó de nuevo:
 –¿Habrá otro sitio?
 –Millones de sitios si tienes verde.
 –Dólares quieres decir.
 –Evidente –aclaré con una mueca.
 –Te invito al Habana Libre –dijo y me ericé. Un escalofrío recorrió toda mi espina dorsal y se enquistó en el corazón.
 –No soy jinetera, compañero argentino –grité. Un hombre que pasaba nos miró con mala cara y tapó las orejas del niño que lo acompañaba. El niño quería seguir escuchando.
 Facu se asustó.
 –Lo sé, por eso te invito.
 Respiré más tranquila. Antes de seguir quiero aclarar que no soy, no fui, no seré jinetera. Decir jinetera en Cuba es lo mismo que decir puta. No sé quién inventó el nombrecito. Seguro que un extranjero. A mí me caen mal los caballos.
 En Cuba hay putas, sí, pero como en todas partes. Vaya, que la putería es casi tan antigua como la humanidad y no bastan una ni cien revoluciones para acabar con ella. Es un problema de cintura y de libertad, y a veces también de necesidad.
 –Vos, Greta, sos maravillosa.
 Me susurró al oído el Facu mientras me preguntaba si no había peligro en comer el pan con mer-

luza que una vieja acababa de vendernos. El pobre no estaba acostumbrado.

–Vos, Facu, también –le respondí y no sé por qué lo hice. Creo que el salitre tuvo algo que ver, porque ese día había un oleaje grandísimo y el agua pasaba el muro del malecón y lo salpicaba a uno como una ducha. Me encanta ducharme. Él me tomó la mano con fuerza y se me cayó un pedazo de pan. Me agaché y lo recogí. Me lo metí en la boca. Con la boca llena le dije: "Come, come. Está bueno". Él no me soltó la mano.

–¿Querés otro?

–No, te invito a comer elefante.

Fue un flechazo. Él me hablaba de la Revolución y yo de las ganas que tenía de comer jamón. En fin, que nos entendimos. Por lo menos eso pensé. Jacobo también. Nunca había cocinado para un argentino y se esmeró.

Facu se fue de La Habana cuarenta y ocho horas después, en las que sólo nos levantamos de la cama para ir al baño. El pobre Jacobo había huido a lo de un amigo, envidioso de nuestros gritos de placer. En la cocina nos dejó una olla inmensa llena de sopa que aun no terminé de tomar cuando ya el Facu me llamaba desde Buenos Aires:

–¡Flaca, no puedo vivir sin vos!

Tres meses después de conocernos y después de pasar por toda la burocracia de Inmigración cubana y de la embajada argentina llegué a Buenos Aires.

Confieso que durante el tiempo que duró el viaje pasé revista a toda mi vida. Iba camino del fin del mundo, por lo menos el de un continente y eso tenía su importancia. No todos los días alguien se va a vivir cerca de la Patagonia.

Mirarme sentada en un avión, el primero de mi vida, me hizo llorar. Primero porque no había salido del espacio aéreo cubano y ya extrañaba y segundo porque la comida de a bordo era mala. Derramé lagrimas que oculté en el aeropuerto. Ni mi madre, ni mi padre, ni mi abuela me fueron a despedir. Mi madre gritó que no iba al aeropuerto a despedir a una gusana. Le dije mostrándole una fotografía del Facu con una remera con la cara del Che:

—Mira, mamá, él es más revolucionario que nosotros.

—Tu marido será revolucionario, tú, no. Deshonraste tu origen, Julia, Greta, mierda.

—Es mi novio, no mi marido y mis orígenes que se vayan a la mierda, a la mierda –le grité.

Ella se tapó los oídos. Sabía que estaba jugando a "mi hija malvada, la hija de Fidel" y sabía también que me escuchaba. Así que para acabar de molestarla grité más fuerte:

—¡Fidel, a la pinga, a la pinga! –y me fui.

Jacobo y una de las tatas gordas de mi infancia se quedaron en tierra mientras yo me elevaba en lo que también a mí me pareció un hermoso pájaro de hierro soviético. A los dos los dejé agitando una bolsa de nailon, a manera de pañuelo. Los dos lloraban.

—¡No quiero morir sin volver a verte, Greta! –gritó Jacobo, antes que la puerta de vidrio de Inmigración cubana se cerrara.

Volveré, le contesté en mi pensamiento, pero no sabía si era verdad.

Facu me besó salvajemente en el aeropuerto de Ezeiza. Me partió los labios con sus dientes y el poder de succión de su boca dejó mi lengua adolorida por mucho tiempo.

Yo me reí, aunque mi imagen debía de ser trágica. Tenía los pelos parados, la blusa sucia de la comida del avión y en una mano mi pequeña maleta con un jean y tres pulóveres, un paquete de café Cubitas y como cincuenta y ocho cajas de Populares. A última hora, Jacobo me metió una foto de José Martí en Jamaica. El pobre creía, de buena fe, estar protagonizando la versión adulterada de la película *Fresa y Chocolate*.

–No juegues con Martí –le pedí–. Siento mucho respeto por los héroes de la Patria.

–Llévatelo, hija, él vivió mucho tiempo fuera. Te va a acompañar. Además es tan milagroso como San Lázaro o la Virgen de la Caridad.

Debe ser cierto porque durante todo el tiempo que duró el vuelo le supliqué llegar a salvo, y se me dio.

Estaba lloviendo cuando me bajé del avión y la lluvia era distinta a la de Cuba. Lo supe por el olor y porque era fría.

–Es la garúa –dijo el Facu.

Yo asentí y me creí Gardel, aunque cada milímetro de mi cuerpo temblaba. El taxi avanzaba por la ruta y yo tenía los ojos llenos de luces y carteles de neón. Lo miraba todo. Todo me gustaba.

El corazón me empezó a doler. Cerré los ojos. Los volví a abrir en casa del Facu cuando me desnudó. Desnuda me comí el mayor bife de toda mi vida. Tenía el tamaño de una vaca entera.

Cuando el Facu me empezó a hacer el amor, yo volví a mirar la ciudad por la ventana abierta. Definitivamente me gustaba.

Quien nunca me llegó a gustar del todo fue él.

Facu transpiraba Revolución, pero era una revolución diferente. Pura teoría. Se había leído no sé cuántos libros, creo que miles, desde los clásicos a los no tan clásicos, sobre cómo armar una guerra. Se sabía de memoria, entre otros, el *Diario del Che*, los escritos de Napoleón, incluso los de Hitler, este último por eso de que hay que aprender de todos. Espero que dondequiera que esté no se le ocurra comenzar a matar judíos. Facu odiaba a los judíos. No sé por qué.

La visita a Cuba lo marcó mucho pero también la aparente sabrosura cubana a la hora de definir destinos. El indiscutible elevado ego de algunos argentinos hizo el resto. Las tres cosas juntas, en una persona, pueden constituir una mezcla explosiva. No digo que Facu fuera un mal tipo, era simpático, instruido y algo visceral, también era muy buena cama, pero tenía un defecto que en él adquiriría proporciones demasiado elevadas: quería trascender.

Era difícil su situación, pienso que si hubiera tenido cualquier otro origen que no fuera el argentino, la vida le habría sido más fácil. Pero el Facu no podía competir con el Che Guevara.

En medio de su duda existencial, de pronto, me tuvo a mí para mostrarle al mundo, por lo menos el de sus amigos, la posibilidad real y cierta de acabar con el subdesarrollo. Supongo que así fue como se asumió descubridor del mundo moderno para mis incivilizados ojos. Creo que se asustó un poco cuando supo que yo había leído a Sófocles, Proust y Mann, incluso a Sarmiento. Pero siempre podía ganar: yo no conocía los shopping, ni las escaleras mecánicas, ni los teléfonos celulares ni los contestadores automáticos.

Un día, delante de sus amigos, dijo como al descuido:

–Es una india.

Ellos comenzaron a reírse. Quizás no hubiera pasado nada, aunque la verdad es que ya me molestaban las ironías del Facu, pero hacía apenas una semana que habíamos visto por la televisión un terrible documental sobre la discriminación del indio americano. La palabra indio, en Facu, no era una forma cariñosa sino totalmente despectiva.

Yo tenía puesto unos pantalones deportivos y los alcé hasta la rodilla, dejando al descubierto mis piernas sin depilar. Facu estaba fumando y el cigarrillo se le cayó. Enseguida apareció una quemadura gigante en la alfombra.

–Los indios son lampiños –dije y me encerré en mi habitación.

Las amigas del Facu se rieron de mis pelos. Fue una risa torpe, hipócrita, con miedo. Estoy segura de que en ese momento me envidiaron. Los amigos comenzaron a discutir sobre la posibilidad real y cierta de que mis palabras tuvieran un efecto discriminatorio para los indios, lo cual era inaceptable desde cualquier punto de vista. Todavía creo que no se han puesto de acuerdo.

La novia de uno de ellos, nutricionista de profesión, explicó que todo se debía a la mala alimentación que había padecido durante toda mi vida en Cuba y a mi adicción por la carne y las pastas.

Al principio me reía de los disparates que decían. Tuve que ponerme la almohada en la boca para no desfallecer de risa, pero poco a poco dejó de divertirme lo que escuchaba. La reunión terminó con Telefónica dentro del apartamento, intentando volver a conectar el aparato que arranqué y tiré al Facu y sus amigos.

Él comenzó a ir a análisis tres veces por semana. El resto de los días seguía leyendo a Marx y copiando frases en la computadora, que luego ponía sobre mi mesa de noche, en un intento de salvar nuestra alianza cubana-argentina.

A los seis meses, descubrimos que no podíamos seguir viviendo juntos. Éramos muy diferentes. Él metió toda su ropa en una maleta y se fue a México. Quería conocer al subcomandante Marcos.

A pesar de nuestros problemas me invitó a ir. No lo acompañé. Bastante que hice una Revolución para irme a construir otra. Lo mejor que guardo de él es que juntos conocimos los casi 8.970 bares que hay en la Capital Federal. A Facu le gustaba mucho el café con medialunas y perder el tiempo. Antes de irse me regaló una foto de Freud que todavía está colgada en la sala de mi casa y un globo de colores. También dejó una foto del subcomandante Marcos pero se me perdió.

Nunca más supe de él. Se esfumó y desde entonces el misterio rodea su nombre. A veces lo imagino en México, en la guerrilla, pero luego me convenzo de que esté donde esté, a menos que Dios no haya hecho un milagro, el Facu no cambió.

Claro que el misterio no me preocupa. Facu me vacunó en contra de ese mal. Durante nuestra convivencia salió solo casi todos los fines de semana. Unos días antes de separarnos me confesó su secreto. Era disk jockey en un local de *stripper*. No enseñaba el culo. Con su trabajo pagaba sus estudios, el apartamento y nuestros gastos. Me dio lástima y le pedí que me llevara a verlo. Al principio no quiso, pero lo convencí. No fue para nada excitante verlo allí.

Cuando se fue creí que lo extrañaría y volví varias veces a su antiguo trabajo. Una noche me di cuenta de que estaba gritando al igual que las otras mujeres y el Facu no estaba.

Entonces conocí a Ray, que sí era un *stripper* y era el novio de mi mejor amiga argentina. Fiel a eso de que un clavo saca a otro, y producto sobre todo de la soledad, acepté irme con él de weekend. Nos fuimos al sur a ver las ballenas. Las ballenas eran feas y se suicidaban. Por eso regresamos. Él volvió con mi mejor amiga, que ya no lo era, y yo, de nuevo, me quedé sola.

Mi madre dice que tengo un pene en la cabeza. No es verdad, pero me encantan los hombres. ¡Me encantan! De ahí que asuma que mi vida amorosa siempre va a ser conflictiva.

Para estar a tono con la Argentina debería ir al psicoanalista. Pero no puedo, mi salario básico como acomodadora de un cine en la calle Corrientes no me alcanza. Tampoco tengo amigas a quienes llamar y decirles: "¡Oye, chica, ven acá que te voy a contar una cosita!", y el teléfono es muy caro como para pedir la comprensión de mi querido amigo Jacobo desde La Habana.

Así que decidí contarle mi vida al grabador. De algo me servirá.

La verdad es que estaba leyendo *El Quijote*. En el prólogo hay una cosa simpatiquísima, están conversando el caballo del Quijote que se llama Rocinante, que era flaco y maltrecho, con Babieca, el caballo del Mío Cid. Éste era hermoso, y le dice: "Metafísico estáis", y el caballo del Quijote, que está hecho mierda, le dice: "Es que no como".

Yo sí como pero siempre tengo hambre y cuando tengo hambre se me ocurren ideas geniales.

La verdad es que al principio pensé filmar. Pero

no. Por ejemplo, ahora me pican los pies y me los rasco. Si filmara, se vería mal. En las películas casi nadie se rasca los pies o va al baño.

También quise escribir. Pero no pude. Soy haragana y tengo horribles faltas de ortografía. Además, me doy cuenta de que todo lo que cuento tiene que ver con el sexo y a los hombres no les gusta que las mujeres escriban de cosas como ésas. Vaya que lo ven mal. No sé qué pensaría Pepe. Pero igual no le voy a contar nada de esto.

Pepe es mi actual novio. De él sí estoy enamorada. Fue el único que no me preguntó si había llegado en balsa, si me gustaba Fidel o por qué no era negra. Con Pepe nunca hablamos de política.

El resto de la gente que conozco está obsesionada con el tema. Ayer alguien me preguntó si las relaciones sexuales en Cuba se incrementan o disminuyen de acuerdo con los vaivenes de la política. No supe qué responder. Cualquier cosa que diga despertará a un contrario. El que quiera saber lo que pasa en Cuba que monte un avión y desembarque en Boyeros. Pero desde que el mundo es mundo la gente fornica sin importarle quién gobierna.

Debo decir que siento un particular odio por los que creen que por ser cubana tengo que pasarme la vida opinando sobre la Revolución.

Ahora, si alguien cree que al no hablar de política tendré pocas cosas que contar, y piensa que es una pérdida de tiempo hacer lo que hago, se equivoca. Mi silencio no significa la ausencia de historias.

Pepe apareció en un momento en que mi vida sentimental estaba hecha mierda. Buenos Aires es casi igual a Los Ángeles donde la posibilidad de morir en un accidente de tránsito es superior a la de encontrar pareja.

Leía una carta con las respuestas a mis quejas de mi amigo Jacobo, en la que me sugería que me metiera a lesbiana. "Caricias nunca te van a faltar", argumentaba, cuando Pepe tropezó conmigo.

Lo primero que olí fue su aliento etílico, pero la verdad es que no me importó mucho. El olor a hombre despertó todas mis hormonas. Me volví loca.

Quise disculparme aunque no tenía la culpa del tropezón, pero no me dejó. Apenas abrí la boca cuando él dijo:

—Me gustan tus tetas —y se rió a lo Marlon Brando en *El hombre de la chaqueta de piel de víbora* y yo lo miré como si fuera Greta Garbo y no Anna Magnani, porque en definitiva me llamo Greta y no todos los días un hombre te dice una cosa así.

Fue hermoso como una película.

—Me gustan tus tetas.

Repitió y yo empiné el busto para que pudiera ver mejor. Él jugueteaba con mis dedos. Debo especificar que se apoderó de mis dos manos con una rapidez digna de un pistolero del oeste norteamericano y dijo:

—Si pudiera te invitaría a un café en mi casa.

–Quizás acepte –respondí aunque pensé que era bastante sinvergüenza.
–No te demores mucho en pensar –fue su respuesta. En realidad no estaba seguro de si quería que yo lo acompañara. En cambio afirmó:
–Te crecieron rápido.
–¿Qué?
–¡Las tetas!
A veces no me doy cuenta de las intenciones de la gente. Tampoco me gusta mentir. Por eso le respondí que siempre fui planchada como una tabla.

Pepe dijo que me tiraron fertilizantes y yo me reí porque hizo un gesto como el de una explosión. Realmente ahí me empezaron a doler los pechos que no tengo y sentí el olor a pólvora. Mientras, él miraba a los lados con ánimo cómplice. Me empiné más. Ahora estaba segura de que no se iba a ir, por lo menos hasta que yo se lo ordenara. Yo era la perfecta mujer nodriza y él, el bebé con hambre.

Le dije:
–Me voy contigo. O mejor dicho te traigo conmigo.
–¿Qué?
–Ven a mi casa –respondí como si fuera lo más normal del mundo.
–Sí.
–Los hombres me joden el culo y la vida –me vi precisada a aclararle.
–Sí –volvió a decir como si no le importara.
–En la fila tres hay un hombre que siempre se masturba. Se llama Héctor. De tanto verlo casi es

mi amigo. Estaba segura de que hoy me iba a invitar a salir. Pero me voy contigo. Te escogí.

La última frase la dije con especial entonación porque bien sé lo importante que es levantarle el ego a un hombre de Buenos Aires.

Pepe dijo tres veces gracias y tomó aire.

–La verdad es que tengo miedo de verte sin ropas.

Me gustó que lo confesara con cierto desgano. No dije nada y él siguió:

–Siempre supe que iba a encontrar unas gomas como las tuyas.

Mi cara de sorpresa seguro que le dijo algo porque continuó:

–Alguien te habrá dicho que son espectaculares.

Me miró de arriba abajo y de lado a lado y me acordé de mi tía Dolores que también era planchada como yo. El saber que aquí a las tetas le dicen lolas le daría mucha gracia.

Yo casi que me empecé a reír cuando él dijo:

–Tengo miedo.

Pepe me miraba y lo tomé del brazo agradecida. Cruzamos la esquina y subimos hasta aquí. Él temblaba. Se quitó la ropa sin mirarme y cuando alzó los ojos lanzó un grito, en el mismo momento en que, con perfecta sincronización, cayeron al piso mis tetas de algodón transpirado. Los ojos se le salieron de las órbitas y él se agachó, no sé si para intentar recuperarlos. Pero cuando se irguió en sus manos estaba uno de los dos algodones-tetas y lo estaba oliendo. Después afirmó que literalmente sintió una patada en el culo. Pero en ese momento no dijo nada. Sé que mi cuerpo irradió al ambiente mi olor de hembra en celo y fue entonces cuando la boca se le llenó de saliva y se prendió a mi pequeño pecho como si todavía estuvieran los 120 centímetros de busto. Pepe estaba caliente.

Lo contemplé desnudo, como quien contempla el peligro. Lo vi suspirar, lamerme y chuparme las lágrimas y las tetas, pero no vi la deseada erección y creí que era mi culpa.

Cuando Pepe se durmió me levanté de la cama y me moví a oscuras por todo el apartamento.

No recuerdo el momento en que empecé a llorar mirándolo dormir sin ropa. Me sentí tan vulnerable y ahí llegó la lucidez definitiva en forma de lengua. Desperté a Pepe a puro lengüetazo. Él se dejó lamer sin proferir palabra alguna. En un momento me separó de él. Creí que estaba cansado y me acomodé en el hueco de su brazo.

–¿Tenés frío? –Su pregunta me dio ganas de reír pero sólo contesté que no y cerré los ojos. No quería que se fuera.

–Greta.

–¿Sí?

–Soy impotente.

Juro que ni un centímetro de mi cuerpo se movió. Dios me estaba castigando. Un castigo un poco animal. Miré hacia el techo del cuarto. ¡Está bueno ya de mandarme mierda, chico!, pensé, segura de que estuviera donde estuviere Dios me iba a escuchar.

Moví un poco la cabeza y ahí estaba Martí mirándonos desde la foto de Jamaica. ¡Haz algo, coño, haz algo!, casi que le grito acordándome de las supuestas dotes milagrosas que mi amigo Jacobo le confiere al maestro.

Pepe no entendió mi silencio. Se sentó en la cama y comenzó a ponerse las medias. Ignoro por qué me lo confesó tan rápido, cuando pudo mentir por lo menos un tiempo. Pienso que el hecho de que yo no fuera argentina lo convenció. Necesitaba decírselo a alguien y creyó que yo me marcharía lejos con su secreto, pero ésa no era mi intención.

–Me voy –dijo.

Me tiré a abrazar su cintura como si ella fuera el último barco en el puerto de La Habana.

–No te vayas –le pedí y evité mirar su desnudez.

Él volvió a tirarse en la cama con una media puesta y la otra en la mano. Pepe dejó descansar su lengua en mi sobaco. Hacía más de tres meses que no me depilaba. Tenía los pelos demasiado largos. Intentaba dejar que crecieran libremente hasta la cintura, pero él dejó su lengua ahí. Diría que eternizó su gesto. Aguanté como diez minutos sin moverme hasta que lo hice. Me miró extrañado y yo dije:

–Soy rusa.

No entendió el chiste. Casi nadie entiende ese chiste. Me sonreía.

–Quiero hacerme un abrigo con mis pelos. Acá hace mucho frío. Siempre soñé con un abrigo de pelo.

Como tampoco dijo nada preferí confesar la verdad:

—Me duele depilarme y siempre me olvido de comprar las maquinitas de afeitar.

Tampoco dijo nada. Me cansé y decidí ignorarlo:

—Si no te importa.

—No me importa —dijo y su voz me asustó. No esperaba recibir respuesta. Lo miré fijo, él retiró sus ojos de los míos y me di cuenta de que sus palabras no eran sinceras.

Pepe tenía el olor de mi sexo en sus dedos y el rojo furioso de su cara me dio ganas de abrazarlo más y más fuerte.

Los dos nos quedamos abrazados mucho tiempo, hasta que el silencio se hizo demasiado denso.

—¿Y si te digo que te amo?

—El amor a primera vista no existe —respondió.

Creo que se dio cuenta de lo común de su respuesta porque me acarició una mejilla. Después pidió:

—¿Tenés algo de comer?

Le contesté que sí. Camino a la cocina me miré en el espejo del baño. Las dos manos de Pepe estaban perfectamente marcadas en mis nalgas.

Decidí preparar un omelette. Saqué de la heladera la mantequilla. Pepe se acercó. Realmente se parecía a Marlon Brando. Volví a guardar la mantequilla en la heladera, pero algo de lo que yo pensaba él adivinó y la saqué una vez más. Entonces avanzó hacia mí y dijo:

—Me gusta la manteca.

Juro que tuve ganas de gritar: ¡Bertolucci abre los ojos y encuéntranos! Marlon Brando y María

Schneider, en *Último tango en París*, no eran nada al lado de nosotros.

La vida siempre supera a la ficción pero las películas terminan y la vida sigue. Pepe me separó de él con violencia aunque se quedó sentado frente a mí en el piso de la cocina. Tenía las piernas cruzadas como un Buda y se miraba el rabo muerto.

–No se levanta, es inútil.

Tuve ganas de llorar. Tanto tiempo esperando por un hombre para que apareciera uno defectuoso.

–No importa, algo se nos ocurrirá.

Él me miró fijo y después de mis palabras sonrió. No estaba seguro pero aventuró:

–Sí, algo.

Tres días después volví a ver a Pepe. Estaba muy bien vestido, con un cigarro en la boca y ese aire informal que le queda tan bien. Me fue a esperar al cine. Ahí me dio un beso y en medio de la calle me tocó una teta de algodón.

–No te hacen falta, de veras.

No quise contradecirlo. Pero a mi autoestima sí le hacía falta. Sin mis tetas de algodón soy otra mujer. Mi cabeza es una trampa. Mis tetas también.

–¿Quieres ir a mi casa?

–Sí.

Y era cierto, quería ir. Él se dio cuenta porque enseguida señaló que yo era totalmente predecible. No sé si fue un elogio, pero fue la primera vez que me lo dijo. No sé si también adivinó lo que yo estaba pensando, creo que sí.

–No vamos a hacer el amor, Greta –me dijo, pero se desnudó.

–Está bien –le contesté y también me desnudé.

Desde entonces nos hemos desnudado dos millones de veces y he sido feliz como pocas veces en mi vida.

–Pepe, soy feliz.

–Greta, no se me para.

–Pero yo soy feliz.

–Pero a mí no se me para.

Algunas veces nuestra felicidad se veía interrumpida por conversaciones como ésa. A veces, yo me enojaba por su poco sentido de la alegría y me iba a mi casa. Luego, él me seguía, hasta que poco a poco se fue quedando. Me ocupó una parte del placard con calzoncillos, medias y ropa de marca. Cada vez que abría una gaveta y veía su ropa, un nudo se me atravesaba en la garganta. No estaba sola. ¡Era una mujer con tanta suerte!

El día que me convencí de que Buenos Aires podía ser mi lugar en el mundo estaba lloviendo. Me paré frente al balcón a ver cómo caía el agua cuando Pepe a mis espaldas advirtió.

–Soy un pervertido.

Sacó la cinta métrica y empezó a medirse la cosa. Decir cosa es mejor que decir pinga, pija, pene o pilín. Gritó:

–¡Siete centímetros y medio, nada más!

A mí me dio ganas de reír, pero él siguió midiéndosela y midiéndosela hasta que de tanto halarla se le puso roja. La erección nunca llegó y por supuesto se deprimió. Lanzó un escupitajo grande que cayó justo debajo de los pies de la dama del gibelino. Estoy segura de que ésta dejó de tocar el arpa e hizo un gesto de asco. Por lo menos eso me pareció.

Pepe es así. Le gusta escupir cuando está molesto. Si alguien contara las veces que escupe en el día y ordenara una encima de la otra, sus escupidas hace tiempo que hubieran alcanzado la altura de las pirámides de Egipto.

Hacía días que él no salía de mi casa. Dormía, se despertaba, leía y nada más. Pobre de mí que no vi en eso nada extraño. Debe ser porque casi siempre estoy en la calle. En Cuba era igual. Me gusta Buenos Aires. Caminar por la Recoleta, por el Centro, por Las Heras, por la Boca, Caseros... Me gusta el olor de la ciudad. Olor a mierda, a fruta, a perfume importado, a sudor. Las ciudades se conocen por el olor. Buenos Aires es una ciudad que huele cada día diferente.

A veces salgo a caminar por la calle Corrientes. Entro a las librerías y hojeo los libros, o voy al cine, o sigo hasta el Abasto. Me gusta imaginarme que soy Mirtha Legrand o Libertad Lamarque en busca de Gardel, o Tita Merello o cualquier actriz de ésas que aparecían en las películas de tango y arrabal que veíamos en Cuba a la una de la tarde. Claro que esto último nunca lo logro. Siempre me encuentro a un peruano o a un boliviano que me pregunta si soy su paisana.

Después regreso a mi casa y soy otra. Casi siempre más feliz.

Mi casa antes olía a lluvia, a río, a centro, ahora huele a ajo, a cebolla de verdeo, a frito. Inauguraron un restaurante chino en los bajos. Me siento en el balcón y los olores suben y quedan prendidos en mi ropa, en mi cuerpo. Huelo a China. En China no hay geishas. A veces creo que tengo alma de geisha. Me gusta dar placer. Pepe cree lo mismo pero no le gustan los olores por eso casi siempre anda desnudo.

Así estaba cuando se sentó frente a la computadora. Es cómico ver a un hombre desnudo frente a una computadora. Él se dio cuenta, y por eso fue y se puso una remera. Lanzó la cinta métrica lejos de sí y por unos minutos se quedó mirando su miembro eternamente fláccido. Me dio lástima y sostuve:

–Está hermoso el día.

Debo decir que vivo en un sexto piso en el microcentro. Desde el balcón se ve el río y a veces los barcos. Si no fuera por el color del agua, con un poco de imaginación podría creerme que estoy en La Habana.

La mejor vista es precisamente donde Pepe puso la compu. Así que él miraba para afuera y yo sólo veía su torso. Me gustan las plantas y la sala de mi casa parece el Jardín Botánico. La cara de Pepe casi siempre es una azalea.

La remera decía ¡BUKOWSKI A LA MIERDA! Bukowski es un escritor norteamericano que ya se murió. Creo que escribía sobre sí mismo y le gustaban las malas palabras. Mi novio quiere escribir como él. Pero no lo logra y es triste.

En Buenos Aires casi todo el mundo quiere ser escritor. Debe ser un problema del clima o de estar tan cerca del fin de algo.

Cuando se cansó de mirar y de escribir tomó un lápiz y comenzó a dibujar una pija enorme, erecta. Siempre hacía lo mismo. Pepe es o era impotente y hay que entenderlo. El día anterior le había llegado un sobre. No me dio tiempo de avisarle que era para él. En pocos segundos el sobre era el mismo y no lo era. Decenas de pijas erectas asomaban sus cabezas.

Pepe piensa que mi casa es una sucursal del correo. Así que toda o casi toda su correspondencia llega acá. El portero siempre me mira extraño. No debe ser muy común una persona que reciba enormes paquetes de Ceilán, de Estambul o de las islas Fidji. Hay un montón de argentinos regados por el mundo que son amigos de Pepe. A mí me da envidia porque también hay un montón de cubanos regados por el mundo pero no son mis amigos. Casi nunca nadie me escribe.

Cuando al fin pude decirle que la correspondencia era suya la abrió. El sobre tenía todos esos folletos que hablan sobre operaciones y prótesis.

A mí me gustó la estampilla. Cuando lo vi sobre la mesa supe que venía de Cuba. El sobre era elegante y la estampilla era una linda orquídea rosa. Se veían los granos de polen, las crisálidas, hasta las gotas de rocío. Debe ser hermoso ser fotógrafo de flores. Lo triste es que va y a quien tomó la fotos no le gustan las flores. Este mundo es tan loco.

No le pregunté nada. Total sabía que todo lo que iba a pasar era mi culpa. Él me miró y me dijo:

–Greta, me voy a Cuba. No quiero que me llamés.

–Está bien, Pepe.

Él sabía que no iba a insistir. Pero por cortesía le pregunté:

–¿Quieres que te acompañe al aeropuerto?

–No, no vale la pena.

–¿Te llevas esa remera?

–Sí, ¿por qué?

–¿Bukowski era norteamericano?

–Y sí.

–En Cuba no gustan los yanquis.

Pepe me miró fijo, seguro que pensó: ¡Es estúpida! Él piensa esas cosas de mí. Claro que él nunca vivió en Cuba y va y se encuentra con un funcionario de esos cuadrados que por el simple hecho de no gustarle el nombre de la remera podría hacerle un lío. Por eso me preocupé pero luego recordé que Pepe en Cuba era extranjero y me callé. Me puse a cortarme las cutículas de los dedos de la mano derecha. No sé por qué mis manos son tan feas. No hablé más del tema porque también pensé que si insistía en lo de la remera, Pepe se iba a molestar y a pensar que en la isla todos somos ignorantes. Y eso no es verdad. Después que se fue le envié cartas a todos mis amigos preguntándoles si conocían a Bukowski. Algunos me respondieron que sí.

–Voy a bajar –casi gritó él.

Escuché perfectamente su voz pero no le hice caso. Era mi pequeña revancha por pensar que soy estúpida. Se dio cuenta de que no le iba a contestar nada. Pero cuando ya me arrepentía y le iba a desear buen viaje se fue y tiró la puerta. Lo último que vi de él fue la palabra *Mierda*.

Pepe se iba a La Habana y me dejaba en Buenos Aires. De la rabia, del desconcierto, me empezó a doler la barriga. Unos sudores fríos llenaron mi cuerpo. Me paré en el balcón para mirar la ciudad. Mientras miraba no veía ninguna de las calles cercanas, Reconquista, San Martín, Paraguay, todas habían desaparecido y yo veía, Aguiar, Cuarteles, la Loma del Ángel, donde mataron a Cecilia Valdés. Yo era Cecilia Valdés, la mulata, ahora en Buenos Aires. Buscaba, desde mi balcón, a un José Dolores Pimienta que metiera su puñal en el pecho de Pepe, convertido en Leonardo Gamboa y lo veía caer por la pequeña escalinata de la iglesia del Santo Ángel como en la novela de Cirilo Villaverde. Disfrutaba de ese Pepe que jadeaba para irse. Y me reí, alto, altísimo, para que mi risa invadiera Buenos Aires y llegara a La Habana, para que Pepe se jodiera por dejarme sola frente al balcón.

Pepe me contestó de igual forma. Sólo llamó una vez desde La Habana.

–*¿Greta?*
–*Sí.*
–*Soy Pepe.*
–*¡Oh, Pepe!*
–*Che, estoy en La Habana.*
–*Oh, Pepe.*
–*Greta.*
–*Sí.*
–*¿Me querés?*
–*Tonto, claro que te quiero.*
–*Greta.*
–*Sí.*
–*Conocí a tu familia.*
–*¿...?*
–*No te quedés callada. Disculpá, tenía curiosidad.*
–*¿...?*
–*¿Greta?*
–*Sí.*
–*La Habana no es como vos decís.*
–*¡Vete a la mierda!*

Debo decir que me alegró su única llamada. Pero enseguida empecé a morir de celos y de rabia. Mi Pepe estaba en mi Habana.

De la emoción casi me puse a llorar. Y cuando

lloro los recuerdos vienen y van como en una comparsa de carnaval en la que todos cantan: "¡Oh, La Habana! ¡Oh, La Habana!".

La Habana es un lugar único en el mundo. Se te mete en la piel y nunca puedes olvidarla. Yo la huelo, aunque no me trajo muchas alegrías. Y para eso no necesito que Pepe me lo recuerde. El pobre me dio más afecto que ella, la puñetera ciudad de donde vine.

Hasta hace poco cuando yo le decía: "Me comiste el corazón", él se reía. Es un hombre que hace las cosas y no se da cuenta.

Pepe me dijo: "Tú familia no es mala". Pepe no conoce a mi familia. Pepe no la conoce y habla sin saber. Seguro que la hija de puta de mi madre está desplegando toda su simpatía.

Cuando era niña, mi mamá me golpeaba, mi papá me golpeaba, mi abuela me golpeaba. Mi vida era una mierda. Y por eso de las asociaciones, a los ocho años yo comía excremento. Lo hacía por venganza. Iba al baño, defecaba, después me cubría el cuerpo con paletadas de mierda y regresaba a la sala. Mi mamá no me miraba, mi papá no me miraba, mi abuela tampoco me miraba.

Es terrible para cualquiera sentirse tan desprotegido. Más si la gente que te conoce te dice que tu madre es muy buena.

Cualquiera que la ve piensa que es una mujer muy decente, tiene ángel y cae bien, sólo que esto ocurre por poco tiempo, después corres el peligro de que solo de mirarla se te reviente el estómago, el hígado y los demás órganos y vísceras. ¡Ojalá que a Pepe no le ocurra! En realidad es una hija de puta en el sentido real de la palabra.

Mi abuela que nunca se acaba de morir fue puta.

La casa donde vive mi familia fue un ballú. Mi abuela se lo apropió en nombre de la Revolución y de la Reforma Urbana. Como no se apuró en pintar y después no hubo más pintura, las paredes se mantienen igual que en la época, un poco más sucias, más descascaradas, pero igual.

Me imagino a Pepe, sentado allí, conversando con los tres hijos de puta que tratan de engatusar al extranjero. Debí decirle que pidiera permiso para ir al baño. Iba a tener que pasar por el cuarto de mi abuela. Me imagino su cara al ver los seis espejos, incluido uno en el techo. Todos antierotizantes. A la vieja los pellejos le cuelgan hace mucho tiempo y no le conozco ningún novio. Lo que entiendo. De aparecer algún candidato pido porque no se le ocurra meterlos en su habitación. O quizá sería bueno. Estoy segura de que el hombre moriría de inmediato y de imaginarme a la policía, los bomberos y la ambulancia escandalizados me da un ataque de risa.

¡Ojalá ocurra!

Rezo porque Pepe haya ido al baño. Pero lo dudo. Mi abuela es capaz de decirle que tiene el baño roto, que no hay agua, que está en reparación, cualquier cosa.

Pepe, si de verdad quiso orinar, tuvo que hacerlo en la esquina de la casa, como casi todos los de barrio.

¿Y si se sintió mal y se desmayó y lo llevaron al cuarto de mis padres? Mientras reposaba seguro que no pudo dejar de mirar a su alrededor. En la habitación de mis padres hay dos frescos muy bien pintados por un pintor tropical. Mi padre los cubrió con varias paletadas de cal. Ahora el hombre está sólo medio desnudo, se le ve la mitad de la nalga y la mitad del huevín y la pobre mujer usa unos ajustadores de cal blanca que dan espanto.

Un crítico de arte de una revista muy importante en Cuba me dijo que los frescos eran de Wifredo Lam. Lam, por si no saben bien quién es, fue un pintor muy famoso que pintó cosas extrañas que ahora valen un montón de pesos.

Mi amigo el crítico estaba haciendo su biografía y así llegó a mi casa. Mi abuela dijo no recordar a ningún chino negro que se llamara Wifredo. Pero un día yo la oí parada frente a los cuadros hablar sola. Decía algo como que quién se iba a imaginar que llegaras a algo. Como estaba hablando con la pared supuse que se refería al pintor. Se lo dije a mi amigo quien volvió a visitarla. Mi abuela le tiró una cazuela que le dio en la cabeza y a mí me dio un sopapo. Me partió la boca y en venganza pegué la boca sangrante en la pared, sobre la mitad del huevín.

Lo último que supe es que el crítico iba a pedir la intervención de la Dirección de Vivienda en nombre de la cultura nacional y había elevado a las máximas instancias un pedido de que si se comprobaba la autenticidad de la firma de los frescos, la casa de mi abuela fuera declarada Monumento Nacional.

Sería la primera vez en Cuba que un prostíbulo alcanza semejante distinción. Pero eso todavía hay que verlo.

De toda la casa, mi habitación es la más terrible. Creo que la destinaban a quienes gustaban del sadomasoquismo. Todavía en la pared hay pintado un diablo negro, totalmente desnudo, teniendo sexo con una mujer y tres niños a los que también azota. Además hay tres enmascarados con los látigos en alto. Los látigos están pintados de rojo. Se imaginan el miedo que sentí todas y cada una de las noches de mi infancia.

El resto de la casa es más o menos por el estilo. Ahora funciona como taller de herrería de mi padre y mi tío.

Mi padre es el tipo exacto de hombre que las mujeres mandan. Es un viejo abúlico con cabeza de huevo. Antes tenía una cabellera hermosa. Igual que la mía. Tengo muy buen pelo. Se quedó calvo la vez que se atrevió a levantarle la voz a mi abuela. Ella le echó una maldición y al otro día amaneció sin pelo. Todo su cabello estaba sobre la almohada, como si alguien lo hubiera cortado prolijamente.

Cada vez que tenía ganas mi abuela me amenazaba con repetir la maldición. Sentía terror de que me ocurriera lo mismo. Cuando me despertaba, lo primero que hacía era tocarme el pelo a ver si estaba en el mismo lugar. Si alguno se me caía, empezaba a temblar y a llorar, a llorar, a temblar y a comer mierda.

En ese tiempo mi interés culinario por el excremento se acentuó de una manera terrible. Era mi triste forma de llamar la atención. Lástima que pasaron muchos años hasta que alguien me hizo caso.

¡No! ¡No fue Pepe! Él no sabe de eso. Nunca le conté por vergüenza y porque me imagino que a nadie le gusta besar una boca que antes comió mierda. Además bastante tiene el pobre con su problema. Sólo una vez pude haberle dicho algo, me preguntó por los míos y le contesté: "Mi familia es mala, no quiero hablar".

El cambio en mi vida y en mis hábitos alimenticios se debió a una vecina. Era la presidenta del Comité de Defensa de la Revolución, la reina de los chismosos de la cuadra y de la grandiosa organización revolucionaria. Me vio y llamó a la Policía.

La pobre llegó para avisar de un trabajo voluntario –había llovido durante muchos días y los campos estaban llenos de papas por recoger– y me encontró literalmente llena de mierda. Recuerdo que me abracé a sus piernas llorando. No sabía qué hacer. Al final cuando vino la Policía las dos olíamos igual. Por mi culpa, desde ese día la llamaron "Rosita peste a mierda".

De vez en cuando le escribo y le mando jabón. Una, porque allá escasea y otra, por afecto. Si no hubiera sido por ella quién sabe qué sería de mi vida.

Comer mierda no es tan malo después de que te acostumbras. Lo seguí haciendo aun cuando me sacaron de la casa de mis padres.

–Niña, tu vida va a cambiar.
–¿Verdad, compañera?
–Sí, niña.
–Compañera, ¿usted es policía?
–No, niña, soy trabajadora social.
–Compañera...
–¿Qué?
–¿Va a matar a mi familia?
–¡No, niña!
–¿Por qué no?
–Cállate, niña.

No sé qué informó la trabajadora social pero algo dijo porque me mandaron a un instituto de Hijos de la Patria. Era un lugar muy bonito en Miramar. Yo veo las casas que salen en la revistas y me dan ganas de reír. Son feas al lado de aquéllas.

Fue un cambio terrible, del populoso y sucio Cerro con olor a basura y a petróleo quemado me fui a vivir a la feliz Quinta Avenida. Por la puerta pasaban los diplomáticos extranjeros y yo les decía adiós, pasaban los niños rusitos y yo les decía adiós, pasaban los milicianos y yo les decía adiós. Casi ninguno contestaba a mis saludos, pero insistía. Siempre he sido muy cortés.

En el hogar, dije que era una casa muy bonita, la pasé bien. Nada de esos cuentos de orfanatos donde todo el mundo te pega y pasas hambre. Nunca nadie me pegó, nunca pasé hambre más allá de lo normal. Comí, eso sí, cantidades industriales de chícharo, de troncho en salsa de tomate, en aceite, al natural, de arroz precocido, desgranado, ahumado, etc., pero siempre comí. Honor a la verdad. Podría decir muchas cosas, pero la Revolución en ese sentido se portó conmigo como no lo hizo mi familia. Incluso me desbichó.

Cuando llegué estaba llena de parásitos y padecía de unas diarreas terribles. Ninguna de las chicas quería compartir la habitación conmigo. Así que me dieron un baño que no se utilizaba. Un baño de ricos, con vestidor y todo. Dormía en el vestidor, era muy cómodo y mantenía mi privacidad. Cuando me curé, me quisieron cambiar de lugar, para que me integrara a la comunidad, pero me negué y me escucharon.

Seguí comiendo mierda pero en menor medida. La costumbre desapareció totalmente cuando perdí la virginidad.

Tenía diecinueve años y hacía uno que trabajaba en el cine Payré, ése que está frente al Parque Central, cerquita del Capitolio y del Floridita donde Hemingway tomaba daiquiri. Todavía estaba en el hogar. A veces iba hasta mi verdadera casa a ver a mis padres que seguían igual de degenerados, pero siempre volvía al hogar.

A decir verdad, estaba en el hogar por puro afecto de las tatas, tres negras, dos gordas y una flaca, que eran las que nos cuidaban y siempre intercedían por mí cuando llegaba algún funcionario y decía que debía volver con mis malditos progenitores.

Era mayor de edad y aún mantenía el himen intacto. Entonces me enamoré de Rolando. Íbamos juntos a la escuela nocturna, la Facultad Obrero Campesina.

Un día nos quedamos hasta tarde pintando el aula. De regreso, me dio un beso y me dijo: "Desde el primer momento en que te vi me enamoré de ti", y dijo que quería ser mi novio, que quería representarme. Como estaba falta de afecto acepté.

Recuerdo que desde una casa salía música. Los Beatles cantaban "Yesterday". Los Beatles estaban prohibidos y no sé si fue el peligro que alteró mis hormonas pero dije sí a todo cuanto me hizo.

Cuando dejé de ser señorita, el hecho no tuvo ninguna repercusión en mi vida posterior a no ser un cartel que apareció escrito en el baño de la casa que decía: "¡A Greta la hicieron señora anoche!", y varias marcas que me quedaron para siempre en las nalgas. Rolando me sentó encima de un hormiguero y luego se metió dentro de mí. Su peso era tanto y el placer tan dulce, que no sentí las picaduras hasta mucho después.

Frente al hogar había un bosque. Decir bosque

es un eufemismo pero así llamaban a los cuatro pinos, una ceiba gigante y las toneladas de basura que se habían acumulado en la esquina. De cierta manera era un lugar muy cómodo porque desde la calle no se podía ver nada. Lo malo era que la demanda superaba el espacio físico y los metros cuadrados se cotizaban según los vaivenes del mercado. A mi novio le costó dos latas de leche condensada rusa y un paquete de Populares que le robó a su mamá mientras yo hacía la cola.

Con semejante fortuna en su poder El Gordo nos permitió estar más tiempo del permitido. El pobre vivía ahí desde que se peleó con sus hijos y éstos lo botaron de la casa. Un día llegó, puso cuatro palos y una lona sobre la basura y se instaló para siempre. Comenzó a vivir del alquiler del lugar.

Realmente conocía su negocio. Tenía gestos lindos. Por ejemplo, a mí me dejó una rosa roja al lado de la entrada. ¡Eso me gustó! Allá somos muy sensibles. Antes de salir de Cuba pasé y lo vi. No sé si me reconoció pero igual me saludó con mucho afecto.

Rolàndo, mi novio, vive en Miami desde 1990, exactamente quince días después de hacerme mujer. Fue cuando pasó lo de la embajada de Perú, allí se metieron como ciento veinte mil personas que querían irse del país. La embajada estaba cerca del hogar. Ese día oí la noticia y me morí de risa. Mira que asilarse en Perú donde hay más miseria que en Cuba.

A las ocho de la noche me vestí para esperar a

Rolando. Recuerdo que me puse un vestido de seda rojo y miré al cielo, cuando vi que el cielo estaba despejado me puse unos zapatos catarritos, le decían así porque cada vez que llovía se despegaban. Íbamos a ir a la Rampa.

Me senté en la puerta para verlo venir desde lejos. Estaba enamorada. Creo que fueron los días más felices de mi vida.

A las diez de la noche Rolando aún no había llegado. A las once tampoco, a las doce, la tata gorda me mandó que entrara y cerrara la puerta. Lo hice de mala gana y me quedé mirando por la ventana hasta que me fui a dormir.

A las cuatro de la mañana tocaron a la puerta del hogar. Sentí el timbre y bajé las escaleras corriendo. Cuando llegué ya la tata estaba ahí. Miré esperando ver los ojos negros de mi novio pero encontré otros ojos negros. Los de la mamá de Rolando.

La vieja estaba despeinada y con los ojos inyectados en sangre. Se veía que había llorado mucho. Ahí mismo me puse a pensar que mi novio ya no pertenecía al mundo de los vivos. Seguro que un auto lo había arrollado y el pobre en medio de estertores había pedido por mí. Su madre me buscaba y le pregunté ingenua.

–¿Dónde está? ¿Qué le pasó a Rolando?

La madre me gritó:

–Tú tienes la culpa.

–¿Dónde está?

–En la embajada de Perú, hija de puta. Lo hizo porque tú estás embarazada.

No me morí de milagro mientras visualizaba un charco de sangre que cada vez se hacía mayor. Estaba embarazada y no lo sabía. Pero, ¿por qué tenía la menstruación?

La cara de la tata gorda cambió de color. Juro que se puso blanca.

–¿Greta, cómo pudiste?

–No, tata; no, tata –grité.

Ella me pegó un cachetazo que todavía me duele.

–Uno cría a los hijos para que le paguen así.

Me puse a llorar. Ella no era mi madre pero me quería. ¿Qué iba a hacer? Lástima que no estaba embarazada. Me dio ganas de estarlo.

–Estoy con la menstruación, tata –dije bajito y con vergüenza. Detrás de la madre de Rolando estaba el padre.

–¿Qué?

La vieja intentó bajarme el piyama.

La tata gorda la detuvo.

–¿Es verdad, Greta?

–Sí, tata.

Su suspiro fue tan fuerte que el aire levantó la cortina de la sala.

–Rolando y yo íbamos a ir al cine. Sólo al cine.

La madre de Rolando se cayó al piso, víctima de un ataque de llanto. Con la frente daba fuertes golpes en el piso, de manera que empezó a sangrar. Las otras niñas se despertaron y comenzaron a llorar.

De pronto éramos más de cincuenta hembras llorando. El pobre padre no sabía qué hacer. A duras penas logró levantar a su mujer y meterla en el auto. Ella pesaba casi trescientas libras.
Ninguno de los dos se despidió de mí.

Todavía no me había dado cuenta de qué era lo que pasaba cuando la tata gorda levantó un papel del piso. Era una carta de Rolando que decía:

Mamá, papá: me voy a meter en la Embajada de Perú. Quiero irme a la yuma y hacer dinero. Mi novia está embarazada y quiero que mi hijo tenga otros juguetes que no sean rusos. No lloren por mí.

El niño

Rolando tenía otra novia. La embarazada era ella, no yo. Eso lo supe después que llené el mar Caribe de lágrimas. Se fueron juntos. ¡Ojalá que sean felices!
Ésa fue mi primera decepción con los hombres sin contar a mi padre. Pero no fue la última. Si hubiera podido ver lo que me esperaba después no hubiera llorado o lo habría hecho menos. Pero no era adivina. Cada cual carga con lo que le tocó. Es algo que no se puede cambiar.

Dos meses sin Pepe. Demasiado tiempo sola. El almanaque en la puerta de la heladera lo sabe, sus números tachados con lápiz rojo gritan desesperados. Mi cuerpo está frío. Extraño los gráciles dedos del hombre, su olor, su aliento. Mi cama dice "¡necesito movimiento!".

Trabajo y trabajo. Soy como una autómata. Miro la pantalla del cine y todos los hombres tienen el rostro de Pepe y todas las escenas transcurren en La Habana. Imagino y desespero. Siento dolor por la ausencia del hombre, envidia porque está donde debía estar yo. Soy un derrumbe humano lejos de todo.

La mañana era hermosa. Me levanté temprano y compré un hermoso ramo de camelias, seis pesos el ramo, y lo puse en un búcaro. Alcé las flores y sin quererlo boté el agua al piso. Mi vista se detuvo en el agua, entonces corrí a mi cuarto, saqué el primer pomo de perfume que encontré, y de la alacena del comedor, una botella de miel. Tenía que bañarme. Llené la bañadera y eché todo junto: las flores, el perfume y la miel. El agua olía extraño, medio agridulce, me desnudé y sumergí mi cuerpo. Quería exorcizarme de las noticias familiares. Limpiar el daño que cualquier pensamiento maligno de mi madre, mi padre o mi abuela pudiera ejercer sobre mí. Ya no puedo decir que no creo en brujería. En Cuba todos somos brujos.

Los tres seguirían en La Habana cagándose en mí, alentados por la visita de Pepe. No quería imaginarlos preocupados porque sabía que nunca se sentirían así, en todo caso defraudados porque no les mandé un puñetero dólar. Quizá debí hacerlo. ¡El dólar allá es tan importante!

Pensar en el dinero y sentirme mal. No conozco a nadie que no se preocupe por él. ¿Es tan necesario el dinero en la vida? Creo que sí. Pensar en plata y deprimirme. Siempre igual. Podía hundir mi cabeza y dejarla por unos minutos abajo. Mis pulmones aspirarían el agua llena de espuma. Estaría muerta pero con buen olor.

La idea de la muerte es una constante en mí. Debo decir que no le tengo miedo, me asusta lo que pasa después. Eso de que te mueras y no puedas controlar el esfínter o que se te olvide depilarte y todos te vean los pelos de más, no me causa gracia.

Sí, sé que me preocupo por tonterías pero yo soy así. No creo que alguna vez logre ser feliz. A veces me entra el miedo de haberlo hecho todo mal. Entonces quisiera poder conversar con alguien. Pienso en Dios, aunque no soy cristiana. Sería bueno sentarme y preguntarle: ¿Señor, qué pasará con mi vida? Él me respondería: No te preocupes, Greta, todo estará bien y una nube de pétalos blancos en forma de nieve caerá desde el cielo.

¡Soy una comemierda! Mira que pensar que Dios se va a ocupar de mí. La culpa es esta falta de afecto que me mata.

Me gusta bañarme porque siempre me quedo dormida y sueño. La mayoría del tiempo tengo horribles pesadillas. Los sueños bonitos son una excepción. En ellos siempre estoy en Cuba, mi madre es buena y me quiere.

–Greta, hijita querida, quieres mermelada de mango.

–Sí, mamá. Quiero.

No sé qué tendrán que ver la felicidad y la mermelada de mango, pero siempre mi madre me la ofrece. Ella viste un vestido de percal, azul marino, lleno de encajes y alforzas y sus zapatos son de tacón brillante. Luce verdaderamente hermosa con la dulcera en las manos y esa sonrisa cariñosa. Una sonrisa que sólo le veo en sueños. La realidad es diferente. Nunca he visto a mi madre bien vestida, nunca la he visto cocinando para mí, nunca.

La suerte es cabrona. Nací en un lugar donde la maternidad es deseada y me vino a tocar la más desgraciada de las mujeres. Es algo que tengo que superar. Un día me voy a despertar y no me voy a acordar más de esa hija de puta. Cuando alguien en Buenos Aires me pregunta por mi madre empiezo a hablar de Clementina, la madre de mi amiga Telvia. Entonces no me da vergüenza mentir porque todo lo que digo es verdad.

Pepe siempre logra hacer un barullo de mi cabeza. Debe ser porque la felicidad, como el dolor, viene y se va y mi problema principal no es mi madre, ni siquiera vivir fuera de mi país, ni extrañar todas esas cosas que extraño. Mi problema principal siguen siendo los hombres. Un hombre que ahora tampoco deja que me bañe en paz.

Me quedé medio dormida y soñaba con mi madre, Pepe y mi abuela en La Habana cuando sonó el teléfono. Era el tío de Pepe. No sabía que su sobrino estaba en Cuba. Creo que el pobre viejo se asustó por no tener noticias suyas, pero yo no lo ayudé en nada y se asustó mucho más. Pensó que yo quería convertir a Pepe en comunista. El viejo odia a los comunistas y me odia a mí. Es un joyero muy conocido en la calle Libertad. Ahí me compré la primera cadena de oro de mi vida. Ya tengo tres. Las dos últimas me las regaló Pepe y tengo la sospecha de que se las robó al viejo.

En Cuba, el oro es el oro. Nos encanta ese material dorado. La culpa la deben tener los conquistadores españoles. Ellos nos sembraron el gusto, nos lo inyectaron en la sangre. Cuando éstos llegaron a Cuba, la tierra más bella que ojos humanos hayan visto, según el propio Cristóbal Colón –opinión que no es cualquier cosa– se dedicaron a quemar indios y a robar oro. Como había poco, se quedaron robando otras cosas. Algunos todavía lo hacen.

Si alguien me preguntara qué fue lo mejor que trajeron los del Viejo Mundo al Nuevo, siempre voy a contestar que la papa. ¡Me encantan las papas fritas!

La visión de la comida me hizo recordar lo que

estaba soñando. Más que sueño era una pesadilla. Mi abuela tejía un par de medias para alguien con un pie enorme. Mi abuela no sabe tejer y mi madre conversaba con Pepe sentada en el cuarto de mi abuela. De pronto mi abuela comenzó a quitarse la ropa. Daba espanto y Pepe se levantó y dijo que se iba a trabajar.

Pepe no trabaja.

–¿Por qué no trabajas, Pepe? –le pregunté muchas veces.

–Yo trabajo, Greta.

–No, tú no trabajas.

–Vos no entendés.

Siempre le digo: "¡No quiero un vago a mi lado!", y no sé bien por qué lo hago. Creo que él espera que un día le diga ¡Dedícate a escribir!, pero eso lo veo muy a menudo en las películas. Y el cine, ya lo dije, no es la vida.

¿Seré muy insensible? Pensándolo bien podría hacerlo. Tiene algo de plata, cuánto no sé, nunca le pregunté para que no pensara que estaba con él por interés. Cuando se murieron los padres le dejaron tres apartamentos y una cuenta en el banco. Por lo menos no se va a morir de hambre que es lo que le pasa a la mayor parte de los escritores aunque tengan talento, y Pepe creo que no lo tiene. Pero quizá cambie de opinión y un día se lo diga porque no es fácil sentarse y pensar lo que cada persona debe pensar. Es algo muy complicado y Pepe lo hace.

El pobre está seguro de que será famoso y sus libros se venderán en todo el mundo como best sellers. ¡Ojalá que lo logre! Se lo deseo de todo corazón. Sólo pido que yo nunca entre a una librería y vea sus libros en las mesas esas que dicen: 3 x 5 pesos. ¡Sería espantoso!, más si Pepe nunca llega a ser un Sófocles, Proust o Mann.

Mejor salgo del baño. Siempre que estoy mucho rato me pongo a pensar en boberías. Debe ser la espuma, la fragancia del jabón, la apertura de los poros. Tanto frotar sobre la piel sin poder dejar de pensar en Cuba. Siempre entro al baño pensando poder borrar el pasado. Abro la ducha, miro cómo se escurre la espuma sucia por el tragante. Siento que mamá grita mientras se escurre, y papá y hasta la abuela. El agua se lo lleva todo. Pero esta vez no, porque Pepe está en La Habana reviviendo mi pasado, andando por las mismas calles, sentado en el malecón. Pepe está en la isla.

Cuando salí del baño, supe que algo tenía que pasar. ¿Sabes?, es esa sensación de alegría y de angustia que a uno le da y no entiende por qué. En mi caso personal me da ganas de romper este aparato de mierda y tirarlo por la ventana, de manera que llegue hasta el río y allí se hunda. Pero enseguida me arrepiento, como ahora, y sigo grabando.

Así es la vida. La terrible vida. Pepe se fue a mi isla y yo me quedé clavada en medio de su continente en pleno verano. Era algo como para no perdonar pero no tenía mucho tiempo para pensar en eso. La verdad es que se me venció el pasaporte cubano y la mitad del tiempo me la paso dando vueltas por la embajada a ver si me lo renuevan.

En la embajada la gente habla como si estuviera en Cuba. Eso no me molesta. Pero hay una tipa que me cae verdaderamente mal. Es una vieja gorda que cree ser tan importante como Fidel Castro y no lo es, ni siquiera es inteligente. Todos los diplomáticos no son inteligentes, ni siquiera saben ser diplomáticos. Por suerte alguien se dio cuenta y la mandan de regreso a La Habana. Ojalá que tenga que hacer cien millones de colas. Va y así se le quita la estupidez, aunque lo dudo.

Pensándolo bien, conté cómo llegué a Buenos Aires, pero no dije cómo me quedé.

Cuando salí de La Habana venía dispuesta a todo, a limpiar casas, a fregar platos, a lo que fuera, pero el destino puso delante de mis ojos un cine. Entré a ver una película, *La manzana verde*, y fui al baño. En el baño había papel sanitario y buen olor. Salí y pedí hablar con el dueño. Le pedí trabajo y me lo dio. Así de simple. Así de suerte. Ese día salí con el pie derecho.

Durante un mes estuve atenta al orden de mis pisadas. Siempre primero el pie derecho. El esfuerzo valió la pena aunque me caí varias veces. El dueño no me pidió ningún papel. Era una inmigrante con trabajo.

La palabra inmigrante me trajo un montón de

recuerdos. Me senté en el café La Paz, pero la verdad es que la paz no me llegó y me dediqué a recordar a cuántos conocí en mi vida. Empecé por los famosos, Heredia, Martí, Maceo, Gómez, Carpentier, el Che Guevara, Fidel...

¿Será Fidel de verdad mi padre? La pregunta me golpeó más fuerte que la de los inmigrantes. Alcé la cabeza, respiré profundo y decidí que aunque fuera verdad no le iba a dar el gusto a mi madre de tener, ni tan siquiera, una pequeña duda. Pero por si acaso, me contenté sabiendo que hasta él alguna vez se había ido a vivir lejos de Cuba.

Un día, en medio de la separación entre Facu y Ray, cuando mi trabajo ya formaba parte de mi vida, lo que me permitía comer carne todos los días, y eso crea adicción, llegué al cine y el dueño me llamó.

–Greta, vos sabés que te aprecio, pero en negro no puedo seguir dándote laburo. Algo tenés que hacer.

Sonrió y luego me habló por espacio de diez minutos sobre una nueva ley que reprimía a los no legales como yo.

La verdad es que entendí poco, trataba de pensar en las tres opciones que tenía para quedarme en Buenos Aires y conservar mi trabajo.

OPCIONES
1. Un contrato de trabajo.
2. Pedir refugio en las Naciones Unidas y esperar a que me lo dieran o no.
3. Casarme.

Intenté poner en conocimiento del dueño la primera. Me dijo que él no me iba a hacer un contrato pero si lo buscaba por otra parte podía quedarme.

La segunda no me gustaba y la tercera tenía que pensarlo bien. Además, ¿con quién podía casarme?

Me acordé de un cubano que conocí en un colectivo de la Ruta 15. Se llama Cachito y ahora es muy famoso. En Cuba era médico, aquí bailarín. Da clases de salsa a la gente que tiene mucha plata. Es como el maestro, el Alicia Alonso, masculino y tropical. Cuando yo lo conocí no era ni rico ni famoso.

Él lo arregló todo.

—¿Greta tienes quinientos dólares?

—Sí, pero...

Pensé que me los iba a pedir prestados.

—Tengo un amigo que se casa contigo por esa suma.

—¿Tan fácil?

—Sí.

—¿Y no pide nada a cambio?

—Lo pones en tu obra social porque el pobre está chivado. Le subió el azúcar, es diabético.

—¿Y nada más?

Él me miró con cara de pícaro.

—Mi amigo tiene ochenta años, no creo que se le pare.

Coincido en que mi amigo fue grosero, pero adivinó exactamente lo que temía.

—¿Va y le gusta mirar?

—No te preocupes, es un pobre diablo.

Me casé con el pobre diablo. A los tres meses me dieron el documento de identidad, como yo era mujer también pedí el pasaporte argentino y se resolvió todo. En fin, que el mundo gira y es igual en cualquier parte, la cuestión esencial por demás, es lo que aquí llaman viveza porteña y allá sociolismo. Esto último no viene de socialismo, sino de socio, pero tienen puntos en común.

Ahora soy viuda. El pobre Nicolás se murió hace un año. Debo decir que siempre fue un caballero, por eso lo cuidé los dieciocho días que estuvo ingresado en el Hospital Francés y lo acompañé hasta su última morada en el cementerio de la Chacarita. El mismo día, antes de abandonar el camposanto fui a ver la tumba de Carlos Gardel, le puse un tabaco en la mano y le pedí que cuidara a Nicolás.

No heredé nada pero el viejo me dio su garantía para alquilar el apartamento donde vivo y dejar de una vez y por todas de compartir oscuros y sucios hoteles, mis domicilios desde que el Facu se fue. Juro que no tener casa es horrible pero más horrible es vivir en alguna de las pensiones que rodean a Buenos Aires, con sus mosquitos, sus ratones, sus ruidos nocturnos, sus tristezas y sus olores.

Tenía documento, casa y trabajo; qué más podía pedir.

Sí, sé que siempre se puede pedir algo. Y yo lo hice. Pedí un hombre. Y apareció Pepe. Aunque a decir verdad dadas las circunstancias actuales debo decir que desapareció.

Sabía que el hecho me iba a doler fuera el mes que fuere, pero en diciembre es más terrible. Diciembre es un mes que da ganas de vomitar. Debe ser porque me pongo vieja y Buenos Aires no es la ciudad de siempre. Odio las tiendas con los arbolitos de Navidad y los Santa Claus rodeados de nieve artificial y la gente que compra regalos y se ríe tontamente frente a las ofertas que no son tales. Odio el pavo de Navidad y la sidra y el champagne, y los maníes acaramelados y los turrones de Jijona que no son de Jijona y sí de Bariloche.

Odio a los felices. Salgo a caminar y veo una familia numerosa y en vez de sentir alegría quiero que se mueran.

Soy mala.

Nunca voy a lograr convertirme en el animal de costumbres que se supone que es el ser humano. Extraño La Habana y lloro.

Lloro por caminar por la calle Reina y detenerme en las vidrieras sucias sin arbolitos de Navidad ni Santa Claus, lloro por los feos perritos de yeso que me regalaban las niñas del hogar, lloro por los frijoles negros con ají cachucha, lloro por Manolo Ortega y su felicitación de fin de año por la televisión, y por el especial de música con Pedrito Calvo, Juan Formell, Amaury Pérez y Esther Borja, lloro por una lata y un palo para tocar rumba.

Lloro porque estoy sola, porque es de pinga estar lejos, porque yo puedo regresar y no lo hago.

Cuando me pongo así la mejor solución es que

me prepare algo de comer, por eso de que barriga llena, corazón contento. La histeria pasa, lo aseguro. Entonces es más fácil mirar por la ventana y ver que la ciudad está linda, hay buen tiempo y el sol calienta suave como a mí me gusta.

En Cuba cuando llega diciembre todo luce diferente. Se supone que estamos en invierno y uno se pasa el tiempo esperando que sople un poco de frío del norte para ponerse un abrigo. La mayoría del tiempo el frío no llega y los abrigos se ponen viejos. Creo que ya casi nadie tiene abrigo. Mi abuela tenía uno, muy lindo, era rojo y lo convirtió en frazada de piso. En el hogar las mantas también corrieron la misma suerte.

Venía el invierno y era como si no viniera. Ya estaba el período especial, esa época que comenzó cuando los rusos se cansaron de nosotros y de ellos mismos y dejaron de ser socialistas y los barcos ya nunca más llegaron con cositas ricas para comer. Tampoco llegaban las frazadas de piso y había que limpiar.

No sé por qué aspiré fuerte. El aire olía a hierba y a tierra. Sentí que mis pies se separaban del piso. Fue una sensación de apenas unos segundos pero el placer, de tan intenso, siguió y siguió hasta que sentí la humedad en mi ropa interior. Sonreí. Pepe estaba en la ciudad. Había regresado. Me vestí con lo primero que encontré y salí como una loca corriendo hasta el subterráneo.

Estaba apurada, por eso me metí bajo tierra. Odio estar bajo tierra. No sé si dije que una vez en

La Habana tuve clases de defensa para cuando llegara la guerra, ese viejo cuento de que los yanquis van a llegar y nos van a matar a todos, por eso una vez al mes teníamos que ir los trabajadores del cine al Domingo de la Defensa. Allí nos instruían en las diferentes formas de pelear contra los malos; con picos, palas, piedras y armas de verdad. Nos pasábamos el día arrastrándonos bajo tierra.

Hay dos Habanas, una la que está arriba y la otra la de los túneles para enfrentar la guerra de todo el pueblo. Igual que en las películas vietnamitas. Un día en uno de esos ejercicios el túnel se cayó. Estuve bajo tierra como dos horas hasta que los bomberos me sacaron medio asfixiada, entre los aplausos de mis amigos y demás participantes en el ejercicio. Me sacaron y la gente gritaba: "¡Patria o Muerte! ¡Venceremos!".

Confieso que tenía mucho susto pero me reí. Los cubanos somos tan exagerados. Por poco me muero y el hecho de que me hubieran sacado de las ruinas de la trinchera había sido tomado como una victoria de verdad. Desde entonces respiro como si tuviera asma. No soy asmática pero es igual.

Cuando llegué a la puerta de la casa de Pepe me detuve para calmarme.

Pepe vive en una de esas calles de esta ciudad donde hay árboles, árboles gigantescos que dan sombra y en los que uno puede mirar los nidos de las aves y todas esas cosas que ya no parecen importar pero que importan.

Tengo una copia de sus llaves. Abrí y estaba todo sucio. Registré un poco el placard y no encontré nada extraño. Había una bombacha, pero era mía. Ya casi me reía, convencida de que aún era la única mujer en la vida de Pepe, cuando me senté sobre las sábanas revueltas. El pobre ni siquiera había tendido la cama.

No sé por qué lo hice, pero no más hacerlo me llegó el olor inconfundible a sexo, ese aroma que no es, ese vaho agrio a esperma que se te pega en la nariz y que no es un afrodisíaco, pero como si lo fuera. Me puse a olfatear las sábanas como una perra en celo o celosa.

Ahora no sé bien. Supongo que me alteré mucho porque cuando dejé de llorar tenía apretada en mis manos la sábana, justo donde estaba la mancha amarilla. Volví a gritar con más fuerza, pero ahora lo hacía por los espermatozoides muertos de Pepe. Por los bichitos que nunca fecundarían a alguien. Por mi recién descubierta ansia de maternidad. Por mi inconfundible amor a los seres vivos.

Pepe era un asesino.

Un traidor de regreso.

Cuando logré tranquilizarme, cerré bien la puerta y me fui corriendo, tal como llegué.

Una mujer corriendo por Buenos Aires no es un fenómeno. En esta ciudad todo el mundo corre. Pero una mujer que corre y llora por las calles de Buenos Aires arrastrando tras de sí una sábana amarilla, ya es otra cosa, más si tiene cara de loca. Yo la tenía. Estaba medio loca y de vacaciones. También estaba sola.

Corrí y corrí para digerir la traición de Pepe. No podía tener tanta mala suerte.

¿Por qué a mí?

Llegué al cine. Justo en la entrada me detuve. Mis piernas querían seguir corriendo. Por el camino rogaba que la película fuera linda. ¡Oh, Dios, cómo me gustan las películas! Puedo ver seiscientas por día. Si son de amor mejor. Es emocionante cuando el protagonista le dice a la chica: "¡Oh baby I love you!". Nadie me ha dicho algo así.

Estaban el dueño y Pedro, uno de los acomodadores, conversando en la boletería con un enano. Me llaman la atención los enanos. Su fuerza para enfrentar la vida. Como no podía pasar entre ellos sin molestar me acerqué y saludé. Todos respondieron amablemente. Me di cuenta de que el dueño quería que me quedara con ellos porque movió la boca como si la dentadura postiza se le fuera a caer. Y me quedé.

Al enano no le gustó pero tomó aire y dijo:

—Soy amigo del presidente.

El dueño del cine me miró; yo lo miré a él y a Pedro, y los tres nos encogimos de hombros.

Él tosió. No debía medir más de un metro y sus manos eran tan grandes como su cabeza.

Volvió a toser.

—Vivo a dos cuadras. Siempre vengo a este cine. Me gusta.

Sonrió como dando por sentado que a nosotros también.

Moví la cabeza y él alzó la ceja derecha. Sé que estuvo a punto de preguntarme si no me gustaba el cine. De haberlo hecho no sé cuál hubiera sido mi respuesta. El dueño estaba a mi lado y no siempre es conveniente decir la verdad, aunque si el cine fuera mío algunas reformas le haría.

—No me gusta quejarme —volvió a decir. Era la tercera vez que lo repetía—. Pero deben entender mi situación.

—Sí, claro —dijo Pedro.

—¡La próstata! Hace cinco años que no está bien —continuó el enano.

—¡Ah!

El dueño se vio obligado a decir algo.

—Tuve que usar pañales hasta hace poco. Pero mi psiquis se dañó. El psicoanalista dijo que no debía seguir haciéndolo.

¿Pañales de bebé o de adultos?, iba a preguntarle, pero no quería que fuera a pensar que yo me quería reír de él. Sólo era curiosidad.

—Volver a la infancia no siempre es bueno.

—Claro.

Me solidaricé yo.

—¡La próstata es una jodienda!

—¡La próstata! —repetí.

—Más cuando uno es hombre.

Alcé los hombros, evidentemente yo no era un hombre pero podía solidarizarme.

–¡La próstata!

Estaba a punto de llorar pero esta vez no dije nada. Si la próstata era un problema para los hombres, me alegraba. Bastante teníamos nosotras con la menstruación, la menopausia, el parto, etc., etcétera.

–No sé qué decirle. Quisiera ayudarlo.

El enano sonrió por las palabras del dueño. De la campera sacó un papel arrugado y extendió la mano. El dueño lo tomó y comenzó a leer. El enano ensayó una sonrisa.

–Disculpá, pero me tomé el atrevimiento de buscar precios. Vos sabés, la vida está muy cara. Mi interés no es causar problemas. Yo entiendo.

¿Qué entendía? La duda se apoderó de mí. La duda y la lástima, porque lo veía sufrir. Al comprobar mi interés se ruborizó. El color rojo en las mejillas le dio cierto encanto. Juro que me sentí como Blancanieves, toda maternal. Tuve ganas de acunar al enano entre mis brazos.

Se me salió una lágrima. Ahí comenzó mi otro problema. Cómo limpiarla sin que se dieran cuenta. Moví el pelo de un lado a otro, pero al tenerlo atado sólo logré que me pinchara el rostro.

El dueño dijo:

–Si no le molesta compraré el más barato. Aquí dice treinta y seis pesos con cincuenta centavos con un veinte por ciento de descuento al contado. Es un mingitorio urinario igual que los que ya tenemos.

–Mi problema es la altura –comentó el enano y era cierto.

Ahí me di cuenta de lo que pasaba. Quería un mingitorio para él. Me dio pena. Pobrecito, ni siquiera podía orinar en paz. Me pareció razonable su pedido. Estaba en su derecho.

–Habrá que romper –aclaró Pedro, que antes de ser acomodador, había sido plomero.

La cara del dueño cambió. Hasta el momento el pedido del enano le había causado asombro. Él medía 1,79, altura normal en un hombre, pero se imaginó enano y el hecho le despertó la parte buena de sus sentimientos, lo que no ocurría con demasiada frecuencia. Mentalmente sacó cuentas. Más o menos su buena acción le costaría unos cuatrocientos cuarenta pesos.

Volvió a mirar al enano para ver si realmente valía el gasto. No se sintió muy convencido.

–¿Y si instalamos un mingitorio para niños?

El pobre hizo la pregunta con cierta candidez que yo confundí con vergüenza.

–Tengo el tamaño de un niño. Claro que son un poco más caros, pero no mucho. Cincuenta y tres pesos con cuarenta y seis centavos

–No es un problema de dinero –dijo el dueño, pero era mentira.

–Me gusta el cine.

–Sí, pero... –el dueño intentó decir algo pero él no lo dejó continuar.

–Soy amigo del presidente de gobierno, vocal de

una organización contra la discriminación de las minorías y primo de un funcionario de discriminación del Ministerio del Interior. No pido la luna.

Ahí empecé a cantar: "¡Yo no te pido la luna, sólo quiero tu amor!".

El enano se ofendió.

–No te rías.

–No me río, canto.

–¿Es tan risible mi situación?

–No me río de ti. Tengo un tío enano.

Tuve que inventar una cosa así porque la cara del enano cambió.

–Vos me faltás el respeto.

Él gritó y yo lo hice más alto.

–¡No, no, no!

Él alzó la voz, yo también. Juro que no había ni la menor muestra de mala intención en mí.

–Echála –pidió al dueño.

El dueño me suplicó que los dejara solos. Yo saludé a la gente de la taquilla y entré al cine rápido. Nunca más me iba a detener a conversar con alguien, enano o no, si antes no me llamaba. A ver si me botaban del cine. Lo único que me faltaba para acabar de deprimirme.

Entonces pensé que adentro me esperaba una linda película y sonreí. Decepción. Pasaban *Alien*, la tercera o la segunda parte, o no sé, perdí la cuenta.

Quise morirme. Estaba a punto de ir al baño y abrirme las venas con la Epilady que siempre llevo en la cartera cuando descubrí sentado en la misma silla, en la misma fila de siempre a Héctor, el pajero. Él, como yo, ama la sala oscura con olor a desinfectante.

Vi que movía la mano una y otra vez y me dio lástima interrumpirlo. Así que me quedé de pie a un lado del pasillo, espiándolo. Decidí esperar que terminara para no pasmarle la diversión. Varias veces a la salida le pregunté de qué se trataba la película y siempre me contestó bien. Era capaz de atender a lo que pasaba en el celuloide, interiorizar su argumento, recordar frases completas sin dejar de pajearse.

Todavía no sabía que él había descubierto su onanismo por casualidad. De puro aburrimiento. Un día en la butaca de al lado se sentó una rubia hermosa con buenos pechos, no como los míos, y minifalda bien corta. La visión de los pechos de la rubia le hicieron recordar a una novia y se sintió casi un adolescente. De ahí al hecho no pasó mucho tiempo y se hizo costumbre aun cuando no hubiera rubias, ni trigueñas, ni oportunidades, porque las mujeres que a veces se sentaban a su lado huían despavoridas al verlo entretenido en sus menesteres.

Él no lo sabía hasta que yo le dije que estaba fomentando una fama de pervertido entre los asistentes al cine, incluso entre las chicas que trabajábamos allí. Todas menos yo desaparecían con la linterna cuando él entraba a la sala oscura.

El pajero es casi mi amigo, aunque sé que piensa que estoy enferma. La amistad, si puedo llamarla así, comenzó una tarde. Yo me acerqué y le miré la bragueta abierta. No es algo que hago normalmente pero en esa ocasión lo hice bien resuelta, tenía ganas de ver a un hombre masturbándose. Digamos que extrañaba el hecho y, debido a la imposibilidad de Pepe, sólo tenía esa opción o buscar a alguien en la calle, pero no quería ser infiel.

Fui despacito hasta su asiento. Cuando me vio se asustó y quiso taparse. Le dije:

–Siga nomás, don Héctor –y siguió.

Yo me senté cerca de él y no quité los ojos de la oscuridad. No vi nada, pero me conformé con ver el movimiento de su codo. Fue impresionante. Esa vez casi me calenté yo también.

Claro que las condiciones cambiaron. Antes Pepe era mi hombre y yo, su única mujer. Ahora parece que no es tan así. Total que no tenía ganas de pensar en el sexo de ninguna forma. Pero no quería estar sola. Así que me senté en la butaca de al lado. Él, como la otra vez, quiso taparse pero yo repetí de nuevo eso de: "Siga nomás, don Héctor. Todo tranquilo".

Me miró y la impresión, en otro momento diría que emoción, no le permitió decirme nada. Después se guardó la cosa con discreción dentro de la bragueta y suavemente, para no hacer ruido, alzó el cierre.

–No era necesario, don Héctor. Hoy no quería mirar.

–Estése tranquila, hija, no quiero convertirme en

un espectáculo –me respondió demasiado serio como para no darme cuenta de que hablaba en serio.

Me puse a llorar y él hizo un gesto para sacar su pañuelo pero creo que tuvo miedo de que tuviera olor y se quedó tranquilo.

–Hija, yo puedo ser su padre.

–Pero no lo es, no es mi padre. Tampoco mi amante. Y no se preocupe, sólo estoy llorando.

Traté de explicarle pero como las palabras no me salían puse mi cabeza sobre su hombro. Lo oí preguntar.

–¿En qué puedo ayudarla, hija?

–En nada. Ustedes los hombres sólo se ocupan de joderle el alma a las mujeres. Tengo el alma jodid, don Héctor, jodida.

–Sí, hija, ya lo escuché, pero de mujeres no sé nada.

Cuando me contestó supe que tenía que preguntarle qué pensaba de la muerte. Claro que obviando lo de mi intención de suicidarme con la Epilady.

–¿Tiene ganas de morirse, don Héctor?

–A veces, pero soy cobarde.

–Ah, por eso se pajea.

Fue una frase totalmente animal, algo que se me escapó sin darme cuenta. Me acordé de un caso con otro pajero cuando trabajaba en el Yara. Trabajé en todos los cines de La Habana, por lo menos en los más importantes, en el Yara, en 23 y 12, en el Payret, en el Mónaco... Una vez en un baño encontramos un cadáver. No era tan viejo como para suponer que le había llegado la hora. Unos días después vino un policía y me contó que al tipo se le había reventado el corazón en medio de un orgasmo. A mí me dio risa porque pensé que nadie podía morirse así, claro que después recordé que el finado tenía la cosa afuera.

–Tenga cuidado con el corazón –le pedí cuando alguien de la fila de atrás gritó: "¡Silencio!".

Yo me callé pero después escuché cuando Mariana, una acomodadora, se reía mientras decía: "¡Qué ridiculez!". El viejo también lo oyó y se sintió aludido porque dijo:

–Mejor salgamos, hija. La invito a un café.

Nos fuimos caminando como unas diez cuadras hasta un café muy bonito en la calle Corrientes, muy bonito pero hacen un café que de tan aguado da espanto. Había luna llena y de pronto me sentí romántica. Casi tuve ganas de darle un beso al viejo en la boca. Por suerte me controlé hasta que nos sentamos y él pidió un café y yo un trago de ron Habana Club. Lo hice dispuesta a escuchar una negativa, pero el mozo se sonrió y lo trajo. Era Habana Club de verdad. Me lo bebí de un solo trago y pedí otro.

–¿Por qué lo hace?

Pregunté y comencé a arrepentirme de la pregunta cuando él inquirió.

–¿Qué?

–Lo de masturbarse todo el tiempo.

–Por aburrimiento debe ser.

Lo confesó demasiado rápido y me animé a indicarle:

–Quizás esté enfermo.

–No lo estoy.

–Mi novio sí.

Dije yo y la voz me tembló.

–Se quedó impotente. Se fue a Cuba y le hicieron una operación. Acabo de descubrir que volvió y se buscó otra. Vengo de su casa y sus sábanas están sucias, usted sabe de qué. Hace meses que no me acuesto con él.

–Puede que no las haya cambiado. Eso sucede.

No supo qué contestar ante semejante confesión.

–No, la última vez que estuve era una sábana rosa. La de hoy era celeste. Él sólo tiene dos.

–Pudo haber pasado cualquier cosa. Mejor preguntále antes de pensar demasiado.

Era un buen consejo pero no lo iba a seguir. En cambio le dije:

–Una vez lo amenacé con acostarme con usted.

–No, hija, no lo vas a hacer.

–¿Por qué no? Soy buena amante, aunque le tengo que confesar algo para que no se asuste. Mis tetas son de algodón. –El viejo se empezó a reír y a mí me dio alegría, por eso seguí contando:– Una vez tuve un amigo, era su primera vez, me quité la ropa sin que me viera y él creyó que me las había desinflado con la boca. Yo le dije que había sido así. Era mentira, había acabado de inventar esa historia pero el viejo se la creyó.

–A veces los hombres son muy tontos, ¿no, don Héctor?
–Puede ser –asintió afirmando con la cabeza una y otra vez.
–¿Usted cree que soy estúpida? –le pregunté con ganas de que me contestara la verdad pero él dijo que no lo sabía, entonces le grité–: Usted nunca sabe nada. Me arrepiento de haberle pedido compañía. Quizás estaría mejor llorando sola en mi casa y usted pajeándose en el cine.
–De veras no sé.
–Usted es más viejo, debería saberlo. Claro, si sólo se hace pajas...

No había mal humor en él cuando me pidió que no le recordara más esa situación. Ahí me acordé de un chiste de Pepe y quise confirmarlo.

–¿Cuál es su apellido, don Héctor? –le pregunté.
–Rodríguez.

¡Qué suerte! Pensé que podía ser Pajares. Sí, es un chiste malo, pero muy de Pepe, él hace ese tipo de cosas y casi siempre uno se lo cree.

–¿Quisiera hacerme un favor, don Héctor?

Esperé que su cara cambiara. Tenía una mueca extraña que le subía los labios y dejaba ver los dientes amarillos por la nicotina. Estaba de mal humor pero fingió calidez.

–¿Cuál favor, hija?
–¿Quiere acostarse conmigo?
–No, hija, no.

Respondió de inmediato y yo quise tener un es-

pejo cerca. No soy tan fea aunque engorde cada día más. Mi cara es normal, tengo buen cutis, los labios rojos, los ojos negros, un lunar en la mejilla. Vaya, que no estoy para los perros.
 –¿Es usted homosexual?
 Quise saber no porque me importe la orientación sexual de la gente que me rodea sino para convencerme de que había razones mayores para negarse a un pedido como el que recién le había hecho. Convencerme de que realmente aún no estoy para los perros.
 –No soy homosexual. Puedo ser tu padre.
 –Pero no lo es.
 –No puedo. Eres muy linda, hija, no lo tomes a mal.
 –¿Quiere almorzar mañana conmigo?
 –Me gustaría.
 Sé que cuando le di las gracias mi sonrisa fue tan grande que borró mis mejillas y los ojos, sólo dejó la boca y los dientes.
 –Mejor volvé con tu novio –aconsejó él y lo dijo con ganas, mientras yo le anotaba la dirección de mi casa.
 –Me voy a vengar.
 Su voz sonó extraña cuando me respondió:
 –Las venganzas casi siempre son tontas.
 –No lo creo. Sé que puedo hacer sufrir mucho. Y usted puede desquitarse de que antes no lo escogiera a usted.
 La posibilidad de una revancha no le gustó porque sacó su cartera y pagó mis dos rones y su café.

Se levantó despacio y me dio un beso en la frente, a la manera antigua.

–No podría con dos venganzas a la vez. Yo ya tengo la mía. Adiós, hija. No me sigás. Vuelvo al cine –dijo poniéndose la mano en la bragueta.

Me quedé mirando a don Héctor y en ese momento ocurrió un accidente. Fue horrible. Un Renault 18 chocó con un Ford Fiesta. El chofer del Ford se murió. De lejos vi su cara llena de sangre y me pareció que sonreía. Siempre imagino que la gente sonríe incluso cuando va a morir. Pero el chofer del Ford seguro que no quería morirse. Estaba demasiado bien vestido. Intenté acercarme, su cara se me pareció a la de Pepe. Creo que me gustó que fuera él. Metí la mano en el bolso y apreté la sábana.

La verdad es que no apretaba la sábana. Quería destruir la cosa de Pepe, estrujarla. Hacer que se rompiera su objeto de culto, que sangrara desinflándose, que su cosa caminara hacia la muerte definitiva. Caminé tratando de encontrar la marquita de varicela en su nariz.

El muerto no era Pepe, era otro. Por eso agarré la sábana. La abrí delante de todos. La mancha de semen en el centro. Y la tiré fuerte sobre el finado en el que antes vi a Pepe. Lo cubrí todo. La mancha de leche sobre su nariz, como si le exigiera al muerto que olfateara también.

Regresé a mi casa y me lo encontré de verdad.

Pepe volvió de Cuba con una mueca perenne; el labio levantado, la nariz presta al olfateo. Como si las mucosas de su aparato de oler detectaran a los vencidos. Pepe volvió vencedor. Al principio no se le notaba la razón del triunfo. Esa razón estaba debajo de la tela de su Guess. Pepe olfateaba, incluso a mí, y sonreía y su sonrisa se trastocaba en mueca y lo hacía atractivo.

Pepe es atractivo a pesar de su mueca. Pepe mide 1,90. Tengo cierta pasión por la estatura, en eso soy parecida a mi madre. Para mamá el hombre estándar –referido a la altura, claro– es Fidel. Ni más ni menos. Sospecho que mamá lo notó. Pepe tiene el pelo negrísimo y la piel blanca. Soy amante de los contrastes. Eso me pierde. Cuando Pepe no está cierro los ojos. Imagino su piel blanca y su pelo negro. Su piel blanca que exalta el pelo negro. Su pelo negro que exalta la piel blanca. Si algo me gusta es la marca que dejó la varicela en su nariz. Eso sí que lo distingue. Lo hace único. Podría hablar toda una tarde, qué digo una tarde, un mes, de la huella de la varicela en su rostro. Soy vehemente cuando me decido a hablar sobre el asunto. Una noche, de las tantas en que a Pepe no se le paraba, le conté mi pasión por la marca. Intentaba explicarle que lo otro no era tan importante. Él terminó pidiéndome silencio. El índice parado, cortando sus labios. Yo no paraba de hablar. Él me interrumpió con violencia.

–Greta, qué facundia –dijo y yo me asusté. Pensé que Pepe me llamaba así por mi relación con Facu. Como lloré de rabia por su incomprensión, Pepe me explicó lo del verbo, justo, fluido. Eso me gustó, siempre pensé que mis conversaciones eran aburridas.

El caso es que Pepe volvió de La Habana con su piel blanca, su pelo negro, su marca en la nariz y su mueca eterna. Pepe volvió con el triunfo debajo de la tela de su Guess, justo detrás de la braqueta y estaba acostado en mi cama.

–Quítate que las sábanas están limpias.

Sé que no entendió el porqué de la frase. No lo entendió hasta que yo volví a hablar con más fuerza que ganas.

–Estuve en tu casa.

Abrí mi cartera y me quedé con ella abierta, vacía.

–Siempre vas a mi casa –me contestó haciéndose el tonto.

–Aquí dentro estaba tu sábana.

Sabía que tenía que contarle del muerto que se parecía a él, pero no lo hice.

Él me miró directo a los ojos.

–¿Qué hacés con mi ropa de cama?

Ahí exploté y cómo exploté.

–¡Hijo de puta! ¡Vete a la mierda! ¿Quién coño te crees que eres? Regresas, no me llamas y te acuestas con otra mujer.

–¿Por qué decís eso, Greta? Vos sos la única mujer en mi vida.

Es un cínico por decirme eso y lo sabe.

–Tu sábana tenía una mancha y la mancha olía a leche –le digo como quien no quiere la cosa.

–¡Ah, fantaseás!

–No, no fantaseo.

Él me miró como queriendo ver hasta qué punto estaba mi enojo y después se rió.

–Sí, está bien. Me fui a Cuba y no tuve tiempo de mandar a lavar las sábanas. Creí que vos lo harías.

¡Me quería echar la culpa a mí! Convencerme de que en la mancha yo tenía algo que ver. Tanto descaro en un solo hombre me dio rabia. Logré decirle.

–Si te arreglaron la cuestión, ojalá que se te vuelva a romper.

Él volvió a reír y se desnudó, lentamente, como quien dice: ¡Ahora sufre y mira!

Lo miré detenidamente como si yo fuera un médico, y él mi paciente. Descubrí una herida pequeña, a punto de cicatrizar, en la raíz del escroto. Más o menos debía tener cuatro centímetros. No la medí. La toqué y la sentí áspera.

–¿Te duele?

–No.

–Cuéntame de la operación. Quiero saber.

–No.

Y no me contó. Así que no puedo describir cómo fue.

Sé que ahora dentro de su cosa hay como un fleje metálico de no sé cuál metal, una vez bromeé que podía ser de oro, y eso se acciona y ¡puf! aparece la interminable erección perfecta.

Pepe desnudo es igual a cualquier hombre, pero ahora no es cualquier hombre y lo sabe. Yo también. Pepe puede ser el varón perfecto. No lo es porque lo que tiene no es natural y sufre.

–Sigo enfermo, Greta –me dijo el hijo de puta–. Ahora tengo un apetito voraz.

Traté de imaginarme todas las comidas del mundo sobre una gran mesa. En el medio, sentado, Pepe engullendo. Pero fue en vano. No era ese tipo de hambre la que sentía él.

–No estás enfermo, Pepe –grité–. No confundas más sexo con enfermedad –pero él siguió insistiendo mientras trataba de besar mi boca y mi cuello.

Satisfecha mi curiosidad, de nuevo la bronca se apoderó de mí. Comencé a gritar.

–Pepe, eres una mierda y yo soy... ¿Sabes lo que soy?

Él dijo que no sabía.

–Una comemierda.

En un momento, de la rabia levanté el velador de la mesa de noche. Él creyó que se lo iba a tirar y se tapó la cabeza con las manos. Parece que lo pensó mejor o se acordó de que estaba desnudo, porque las bajó rápidamente y cubrió su cosa.

No le tiré nada. La rabia de pronto se me pasó. Fue como si tomara un tranquilizante porque me senté en el sofá, encendí un cigarro y de pronto tuve la certeza de que si Pepe se iba no lo iba a sentir mucho. Él se dio cuenta. Claro que se dio cuenta, y comenzó a llorar.

Me espanta ver a un hombre cuando llora. Los

mocos saliendo, los ojos con lágrimas, las manos temblorosas limpiando su cara.

–No puedo más. No te voy a hacer daño. No sé lo que quiero –dijo y se volvió a acostar en mi cama.

Pude haberle contestado, entre otras cosas, que su problema nunca fue la impotencia sino su miedo a envejecer. Pero era una idea demasiado primaria. Se me acababa de ocurrir.

Así que me puse sentimental y me senté a su lado. Quería que me contara de La Habana, si el malecón estaba en el mismo lugar, si el cine Yara abría todos los días, si había comido tostones, si pudo ir a Varadero. Yo le pedía palabras pero él sólo me quería dar pinga. Empecé a acariciarle los vellos de la espalda, y después la espalda, y la nuca y los pelos de la cabeza. En fin, nos encamamos.

La experiencia, si puedo llamarla de esa forma, no fue tan mala. No llegué al orgasmo porque no es fácil. Tenía un hombre encima con una varilla de hierro en la pija, hierro o silicona, la verdad es que no sé, él dice que es de hierro, y ahí me entró tremendo miedo, porque aseguro que la medicina en mi país es excelente, pero ¿si los hilos de la sutura estaban podridos y aquello se reventaba y la varilla se salía de su lugar y de pronto atravesaba mi útero?

Grité.

Pepe también. Él acabó.

Yo no. Yo extrañaba los diez gráciles dedos del Pepe de antes, aquellos diez penes sustitutos que no tenían varilla y que hacían levantar mis pezones de solo imaginarlos.

Pepe terminó y se durmió. Tenía goticas de saliva en la comisura de los labios y eso me produjo una ternura sin límite. Pepe botaba saliva y yo comenzaba a amarlo de nuevo.

Antes de dormirse se limpió con la sábana. Odio a los hombres que hacen eso. Me gusta que se levanten, vayan al baño y se laven. Pero no, la mayoría de los hombres que conocí se limpiaban sin lavarse. Todos menos uno, uno se lavaba, para luego orinar con un chorro inmenso que se oía en todo el edificio. Nunca aprendió a sacudirse, por lo menos mientras estuve con él. Me puse a pensar en Omar Sharif. Él y Marlon Brando. Los dos son mis mejores amantes. Omar Sharif se hubiera levantado. Omar Sharif.

Probar la nueva cosa de Pepe me triplicó el insomnio. Y cuando no puedo dormir me entran ataques de locura. Abro el placard y me empiezo a vestir, una y otra vez hasta que me miro en el espejo y me veo bonita, entonces voy a la sala y me fumo un habano. Casi siempre un Montecristo, me encantan y no lo hago por moda. Hace muchos, pero muchos años que fumo. Me enseñó una de las gordas de la institución. Ella era brujera y siempre le estaba ofreciendo humo a los santos. Yo la ayudaba aunque, a decir verdad, pocas veces les pedí algo. A veces tenía ganas de gritar: ¡Changó, que se muera mi padre!, pero después me daba pena del viejo descarado y no lo hacía. Mi amiga se ponía molesta. Ella es fanática de Changó. Changó es el dios africano de la guerra pero también es la Santa Bárbara cristiana, lo que no quiere decir que sea hermafrodita ni nada de eso. Sólo es cuestión de sincretismo.

¿Por dónde iba? Ya sé. Por el tabaco. Después que me lo fumo, me entra sueño y me voy a la cama borracha de humo. No sé qué pasará con mi vida si funcionan esas leyes que quieren prohibir su consumo. Hay gente demasiado aburrida que en nombre de la salud le quitan a uno las pocas diversiones.

A mí el jalao del tabaco siempre me dura varios días en los que me levanto como una autómata que se lava la cara, va al baño y toma el desayuno. Es como si estuviera drogada. Me provoca alucinaciones. Me imagino que estoy en Cuba y todo es más fácil.

Lo que a veces también es difícil, especialmente si la caja de habanos que te mandó tu mejor amiga en La Habana la vendiste porque te quedaste sin dinero para terminar el mes. Y si, unido a eso, Pepe ronca.

¡Los hombres tienen cada forma de dormir! Pepe abraza las almohadas y se enrosca un mechón de pelo entre el dedo pulgar y el anular. Así duerme toda la noche. Creo que eso es lo que provoca sus horribles ronquidos. Podrá desatarse la Tercera Guerra Mundial y él no lo va advertir. Cuando duerme se convierte en piedra, piedra que no oye y hace ruido.

Quería que Pepe se despertara, así que me puse a hacer bulla. Abrí y cerré todas las gavetas del placard, organicé mi ropa, pero nada. Como estaba aburrida se me ocurrió que debía organizar la de él también. No debí hacerlo.

Su billetera cayó. Yo la abrí. Había cincuenta pesos y dos fotos, una mía y una de la otra. Supe que era la otra porque la foto estaba dedicada.

Me desinflé como una pelota. No tenía ganas de nada, ni siquiera de discutir con él. Creo que estuve como veinte minutos con la foto en la mano, luego la guardé de nuevo en la billetera. No voy a hablar de lo que sentí. Sólo sé que mi olfato sigue siendo poderoso. Era semen reciente lo que olí en las sábanas de Pepe.

Cuando me di cuenta de que no iba a lograr nada quedándome de pie, me senté en el sillón a ver cómo avanzaban las manillas del reloj y mi rabia. Ahora que casi todos los relojes son digitales aseguro que hacer esto es como una terapia barata.

Me gusta mucho el minutero. El segundero, como que no tiene personalidad, siempre apurado. Uno se pone a mirarlo y de pronto se da cuenta de que es demasiado tarde para matar a alguien pero no para cambiar tu vida y seguir despierta.

Soy rubia como Marilyn. El cambio ocurrió exactamente a las doce y treinta y cinco de la noche del lunes mientras Pepe dormía a mi lado en Buenos Aires, Fidel hablaba en La Habana y mis padres y mi amigo Jacobo se quejaban, cada uno de algo diferente.

No sé si lo hice demasiado tarde, aunque ignoro por qué esas dos palabras siempre me hacen pensar en la edad.

Un día te sientes anciana y si no te sientes, siempre tienes un montón de conocidos para recordártelo, sin contar las revistas, la televisión..., y lo peor es que nadie te va a decir "¡Estás como la historia de Cuba, vieja pero interesante!" y uno, de la depresión, no logra decir eso otro de que "El viento es más viejo y todavía sopla".

En fin que, como la mejor, corres a un shopping y gastas el salario del mes comprando cremas exfoliantes, rejuvenecedoras, blanqueadoras.

Yo lo hice, pero de nada me sirvió. La barriga me siguió creciendo y por mucho que mire entre las piernas ya casi no puedo ver lo que hay abajo.

Claro que, de contárselo a Pepe, él diría "vello púbico", pero como es miope no podrá ver que algunos comienzan a encanecer. También debí hacerme la tintura ahí. No debe ser tan difícil. Pongo un espejo de manera que vea bien y listo. Antes consulto con un alergista. Padezco de una alergia terrible.

Pepe se despertó con ganas y no dijo nada de mi cambio de look aunque me miró de una forma extraña. Parecía estar más seguro de su nueva cosa, por lo menos eso pensé cansada de mantener las piernas abiertas. Llegó un momento en que era un robot que se ponía de costado, giraba a la izquierda, a la derecha. Al final me dejé poner boca arriba y comencé a mirar el sol por la ventana abierta. Me concentré y le pedí que cansara a Pepe. Lo hizo porque de pronto se me quitó de arriba.

–Greta.

–¿Qué?

–Cuba es diferente a lo que vos contás.

Lo miré con ganas de estrangularlo. Cosas así son las que no acabo de entender en los hombres. La facilidad con que cambian de un tema para otro. Por suerte no estaba erotizada, ni nada que se le parezca porque si no, de verdad que lo mato.

Además no lo podía creer. Pocas veces hablé de la isla con él. Mi experiencia me lo prohíbe. La gente quiere escuchar lo que se imagina. La gente que vive aquí nunca entiende que Cuba es diferente para el que vive allá y para el que no. Abrí los ojos tan grande que me dolieron. Ahora iba a contarme su maravillosa experiencia.

–Cuba es sórdida.

Su afirmación me dio ganas de vomitar. No soporto a los que siempre hablan bien, pero tampoco a los que siempre hablan mal. Parecía que Pepe iba a ser de los segundos. Así que hice un gesto de fastidio. Yo quería seguir durmiendo.

–Cuba es como es y punto –dije no demasiado convencida.

–Cuba es una mierda.

–Argentina también lo es. Te dije que el socialismo no era tan *bacán* como parecía.

–Es la misma mierda. Pero la libertad es un riesgo. Debías saberlo.

¿Qué?, quise preguntarle, pero su cara tenía algo extraño así que me callé. Total. Sabía que iba a pasar así. Teníamos que pelear.

Pepe de vuelta y mi vida seguía siendo una mierda, aun más después que me convencí de que ya era una vieja.

Eran las diez de la mañana, entré al baño y dije:

–Se me cayeron las tetas.

Pepe desde la cama sonrió. El corazón me latía a mil. Demasiadas cosas juntas. Dentro de mí sabía que tenía miedo. Descubrir que Pepe me engañaba había sido un golpe duro, ése que duele donde sólo las mujeres sabemos. Traté de consolarme al pensar que quizás era apenas una aventura, lo que era bastante lógico teniendo en cuenta que su largo período de castidad necesitaba una salida. Incluso traté de ser más pragmática, ¿acaso cuando uno compra un artículo no tiene que probarlo para ver si funciona?

No lo logré, y quizá por eso seguía a medio vestir, mirándome en el espejo, con un pantalón de seda negra y el torso desnudo tocándome los casi inexistentes senos a no ser por los pezones gordos como uvas. Al no recibir respuesta seguí:

–Ayer pensé comprarme una de esas prótesis de moda entre las mujeres que se operan de cáncer y dejar de usar de una vez y por todas estas horribles tetas de algodón, pero después me asusté porque siempre iba a tener el temor de que pudiera llegar a enfermarme de verdad.

Lo último lo afirmé con un dejo de ansiedad en la voz mientras intentaba reír y un tic nervioso me desfiguraba la ceja derecha, casi hasta el nacimiento del pelo.

Es fea, sé que eso fue lo que pensó Pepe todavía acostado en la cama, pero en voz alta dijo:

–¡Estás loca!

Cuando volvió a mirarme, me alisé el pelo y grité casi histérica:

–¡Necesito tetas de verdad!

Para vencer la emoción cerré la puerta y abrí la ducha, entonces Pepe encendió el grabador y escuchó todo lo que grabé hasta ahora. TODO.

Estoy desnuda de espaldas al agua que cae sobre la bañera vacía, mirando por el hueco de la cerradura a Pepe. Mi corazón sube a mi boca, sale entre mis dientes, lo recojo con las dos manos y me lo vuelvo a tragar, cae lentamente hasta mi estómago y allí se queda dando saltos.

Puedo llegar a pensar que todo está perdido, pero también algo he de ganar, me convenzo para no sentirme tan mal.

Pepe no se va a levantar. No va a venir tras de mí. No tiene sentido seguir sin ropa. Miro el agua caer, y sé que no habrá de purificarme esta vez.

Mi ropa interior huele a flujo. Mi blusa es hermosa, cientos de pájaros azules la cruzan, tropicales y escandalosos. Nadie en Buenos Aires tiene una blusa igual a la mía. Miro a Pepe desde la puerta del baño. Tengo la mano derecha en alto, sonrío como la Garbo y digo:

–¡Qué rico es bañarse!

–¡Eres una jodida!

Mi cara es pura sorpresa ante los ojos del hombre. Seguro piensa que en momentos me voy a convertir en la mujer que él conoce, voy a entrar al baño y cortarme las venas.

–¿Es tan importante en la vida tener bellas tetas?

Sé que le desperté la lástima y quiso responderme algo verdaderamente afectivo al estilo de "Eres bella así", pero no tuvo tiempo. Sintió mi respiración a escasos centímetros de su propia nariz.

–Si vuelves a tocar ese grabador te mato –afirmé, y él por primera vez descubrió que una hilera de lunares cruza mi cara.

Claro que también pude haberle dicho: Si vuelvo a saber algo de ti y de la mujer Cara de Tonta de la foto que tienes en la billetera que está en el bolsillo del pantalón, te corto la cosa, con hierro y todo, lo frío y después me lo como.

Pero Pepe volvió a hablar y no quise interrumpirlo.

–Si te resultaba tan difícil volver a acostarte conmigo no tenías por qué hacerlo. No tenés que decir sí a todo en tu vida, Greta.

No le hice caso. Recordaba cuando tomamos la foto que estaba sobre la televisión. Fue en el Parque Centenario un domingo que llovía y los dos nos cubríamos con un paraguas negro y roto. Nos sentamos en un banco mojado cuando un pato salió de la laguna y se colocó entre las piernas de ambos, entonces apareció un fotógrafo de *Clarín*. Al otro día nos vimos en el periódico. Siempre pensé que tenía que haberme llevado el pato a casa, pero Pepe en aquella ocasión se limitó a reír.

Entonces él no me creía tonta y yo no sabía que su impotencia iba a ser tan duradera.

–¿Podés atenderme?

–¿Qué dices?

–Quiero que me escuchés –repitió él mientras se calzaba el jean directamente sobre el cuerpo.

–¡Disculpa!

–Decía que si te resultaba tan difícil acostarte conmigo no tenías por qué hacerlo.

–No lo es. No fue difícil. Quería.

–No fue lo que acabo de escuchar.

La voz de Pepe sonó confusa, y me dio lástima quizá porque habló demasiado bajito o porque tomó un trago de whisky y éste le quemó la garganta o porque pensó que me iba a enfurecer. La verdad es que el pobre puso la grabadora pensando escuchar un cassette de Elton John y se encontró con mi bella voz diciendo que no quería acostarme con él.

Así son las casualidades. Primero, no pensé que Pepe iba a venir. Segundo, a Pepe no le gusta Elton John así que las probabilidades de que escogiera ese cassette eran casi nulas. Tercero, soy una estúpida.

Una estúpida que a veces tiene salidas rápidas. Le pregunté, convencida de lo mal que sonaba la pregunta:

–¿Por qué me traicionaste, Pepe?

–¿Tenés miedo?

–Sí, tengo miedo. Sólo volviste para prender el maldito grabador y escuchar lo que no tenías que escuchar.

Pepe comenzó a negar con la cabeza, rítmicamente, de izquierda a derecha, de arriba abajo. Imagino que así la movería mamá cuando Girón. Quiso recordarme que nos habíamos pasado la noche juntos, pero entonces me puse a gritar de verdad.

–¡No! ¡No digas que no era tu intención! ¡A ti no te gusta Elton John!

Ahí me imaginé la cara de sueño de Elton John y me dio lástima por haberlo tomado como referencia. Uno no debe hacer ese tipo de cosas con gente que no conoce. Sólo tenía que seguir gritándole a Pepe y llegaría la solución.

–Tengo miedo de seguir fingiendo como si nada hubiera pasado cuando sí pasan cosas. No quiero ser una más en la vida de alguien. Quiero ser un amor diferente. Tengo miedo, pero no de las tonterías que piensas tú.

Terminé de hablar y respiré, pero él preguntó:

–¿Qué creés que pienso?

–¡Basta, por favor!

–No, de veras, quiero saber qué piensa esa linda cabecita –dijo mientras se ponía una remera negra y se abrochaba el piloto. Pepe usa piloto aun cuando sea verano y la ciudad completa parezca que se va a derretir bajo el sol.

Creí que se iba a marchar y tuve ganas de que así fuera. Pero ésa no era su intención porque cuando terminó de vestirse comenzó a acercarse al sillón donde yo estaba sentada. Se detuvo y pasó sus dos manos por mi cuello. Sentí el olor a alcohol en su ropa.

–¡Basta! –grité.

Él hizo un movimiento como si su piloto fuera la capa de un mago. Fue deslizándolo suavemente sobre mi cuerpo hasta descubrirme de nuevo, sentada en el mismo lugar con los ojos tristes y las lágrimas entre mis párpados enrojecidos. Me odié.

–Era una broma –dijo y volvió al sillón. Cuando estiró los pies mostró las botas tejanas con las suelas llenas de barro y escupió una colilla de tabaco.

–Si no hay problema, podemos hacerlo de nuevo.

–¡No! No tengo ganas –grité con furia. Quería que se fuera.

–Podríamos hacerlo –insistió él mientras se bajaba los pantalones y se sacaba la cosa.

–Ves, lo mejor de todo es que apenas hacen falta milésimas de segundo y estoy listo. Pero no te preocupés, me seguís gustando y, así, sentada en ese sillón, francamente me excitás. Imagino tus pezones. Los veo enormes, como uvas que deshago entre mis dientes. Vení a que te los muerda. Vení a que disfrute de tus tetas.

–¡No!
–¡Vení!
Él sabía que estaba aterrada y comenzó a masturbarse.
–Vení. Ves, también puedo. ¿Creés que lo hago igual que antes?
–¡Basta!
–Vení, Greta. ¿A qué tenés miedo? Claro que puede suceder que tu imaginación dé lugar a la realidad. La ficción es poderosa, también ella crea lo cierto, y mientras nos amamos se rompen los flejes de hierro de mi pija y atraviesan tu útero. ¿Te gustaría?
–¡Basta, Pepe! ¡Basta!
–Tendríamos pocas probabilidades de sobrevivir. Los dos literalmente crucificados en la cama. El teléfono lejos. Nadie a quien pedir ayuda. Sólo sangre, mucha sangre y dolor. ¡Greta! –dijo aumentando su sonrisa. Y yo, a pesar de mi molestia, pensé en el cine. Siempre el cine.
–¿Sabés que nunca te vas a librar de mí?
–Lo sé.
–¡Oh, qué triste! Estoy completamente de acuerdo. Sonrió casi extasiado.
Alcé las cejas dudando, y él supo de pronto que era compasión y no amor, ni siquiera odio lo que había en mí en ese momento. Por eso dijo:
–Cuando uno es impotente lo más difícil es vencer la compasión. Cuando lo dejás de ser, aún sigue siendo la compasión lo más difícil. Viví tres años

con los ojos de las mujeres puestos sobre mi sexo para ver si ocurría el milagro.

–Nunca me importó –dije bajito.

Pepe sonrió con un gesto cruel.

–No mientas. Un día me regalaste un consolador. Las mujeres generalmente no hacen cosas como ésas.

Era verdad, lo había hecho, pero no para que me lo estuviera sacando en cara con tanta saña. A veces tengo ese tipo de gestos cuando creo estar convencida de que resultará.

–Te reíste –susurré.

Había pasado tanto tiempo desde que caminé por la calle Corrientes hasta vencer el miedo y entrar a un lugar de esos que venden cosas para hacer mejor lo que todos o casi todos saben. Salí con un paquete en una bolsa y se lo di por la noche. Ahora parecía tan fácil.

–Me reí porque los verduleros de la esquina acababan de perder a su mejor cliente.

–Nunca lo hablamos.

–Hay cosas que nunca se hablan, Greta.

–No creí que te había molestado –dije con pesar.

–No me molestó tanto.

–¿Entonces? –pregunté.

Él evitó mirarme.

–Ahora es diferente. Si hubieras desaparecido de mi casa y de mi vida...

–También se lo habrás dicho a la otra –apunté con ironía mientras trataba de ocultar una sonrisa.

–Ella no importa.

–Sí importa, te acuestas con ella.
–No sabes si realmente lo hago.
Mi última duda se desvaneció. Se había acostado con ella no una, sino muchas veces.
–En un principio no se dio cuenta...
–Quizá nunca se hubiera dado cuenta. Eres muy bueno a la hora de disimular, pero querías que lo supiera. No me culpes. No te hace falta para seguir sintiéndote infeliz.
–Sos tan tonta.
Dentro de mí hay algo que me dice que no es cierto. No soy tan tonta.
Había algo nocivo en sus palabras cuando volvió a hablar.
–Nunca fuiste impotente.
–No, las mujeres no somos impotentes. Podemos ser frígidas, pero tampoco es mi caso. Casi siempre logro el orgasmo. Aunque estoy segura de que puedo vivir sin sexo. De hecho he tenido largos períodos de abstinencia. Tú no. Tú quieres seguir siendo una procesadora de carne. ¡Coger o morir!
La frase me salió sin querer. Miré a Pepe asustada, se reía, por lo que lo acompañé bastante divertida hasta que me empezó a doler el estómago. Pepe hizo un gesto con la mano y apenas dijo:
–Me gusta singar.
–Es cierto.
Él encendió un cigarro. Lo chupó varias veces con ganas y me lo ofreció. Fui a decir que no. En cambio susurré:

–Estoy sola.

Sé que Pepe me miró largo rato en silencio como compadeciéndose de mi fatalidad, cuando se cansó de sostenerme la mirada se levantó del sillón y dijo:

–De acuerdo, pero dame tiempo, no podría ser fiel ahora.

Se quedó callado por unos segundos hasta que yo bostecé y él continuó.

–No sé por qué estás tan molesta. Ahora soy socialista, para mí la propiedad individual no existe, solo la colectiva. Deberías estar acostumbrada.

Sabía que el síndrome posviaje a Cuba iba a afectar a Pepe. Ahora iba a querer salvar al mundo, importar revoluciones.

–Deberías aceptarlo, ¿acaso no llevas en tus genes la capacidad de la supervivencia?

El mundo se me cayó encima de sopetón. La hija de puta de mi madre le había ido a Pepe con la historia de mi nacimiento. Pepe me miraba y no sé si lo creyó del todo, pero la duda estaba en sus ojos. ¿Se estaría acostando con la otra hija bastarda de Fidel Castro? Sentí una rabia enorme, de mi corazón o de mi cerebro o no sé de qué parte de mi cabrón cuerpo salió fuego.

–¡A la mierda!, ¡A la mierda! Esta vez sí me hago una prueba de ADN, la puta que me parió. Mi padre es el viejo loco que viste al lado de mi madre. Ése y no el otro, es mi único padre. No te hagas ilusiones –grité como pude y cuantas veces pude.

Parecía que una vez más iba a cargar con la duda biológica de mi madre. ¿Quién coño la mandaría a acostarse con dos hombres en el lapso de tres días mientras ovulaba? ¿Quién coño la mandaría a acostarse con alguien tan famoso como el Comandante en Jefe y con un desconocido como Alfredo? ¿Mi padre? Toda la vida la vieja iba a vivir con la duda. ¿Toda la vida? Y si de verdad me hago la prueba de ADN y mi madre se convence de que soy hija de Alfredo y no de Fidel, ¿qué pasará?

Pepe estaba extraño y no era mi culpa. Tenía que ser feliz, por lo menos aparentar que lo era. Sé que la psiquis es del carajo y él estaba medio loco por su trauma, pero había ido a Cuba y ahora estaba en Buenos Aires. En gran medida su problema estaba resuelto. ¿Qué más quería? Ahora en su sexo tenía un obelisco perenne que apuntaba al infinito.

Claro que empezar y acabar el acto sexual es sólo la mitad del problema, lo sabíamos aunque nunca fuimos una pareja normal y ahora aparentemente éramos tres. Él, yo y su cosa enorme y erecta, ahora independiente del cuerpo, con alma propia.

Pepe quería estar excitado todo el tiempo. Volver a la adolescencia y la sangre no lo acompañaba, pero el bulto podía verse a través de su pantalón, mecánica por medio.

–No serás fiel. Maravillosa confesión. Necesito ir al baño.

Pasé la traba y me senté en el bidé. Siento predilección por los baños y si están llenos de flores y hay una pecera con pececitos de colores nadando, como en el de casa, mucho mejor. Quiero morir en un baño, sentada sobre la fría losa.

Terminé y me sequé bien. La voz de Pepe desde el otro lado hizo que decidiera salir y luego regresar a ponerme un protector. Seguía con flujo.

–¿Qué quieres ahora?

Pepe me miró desconsolado.

–Yo tampoco quiero estar solo.

Lo escuché y me di vuelta, extendí el brazo hacia adelante y volteé la cara hacia él. Fue un movimiento lleno de gracia. Sólo que él pretendió no darse cuenta cuando le acaricié el rostro y dije:

–Me voy a trabajar. Tienes que irte.

Él miró a todos lados y recogió el bolso, pero cambió de opinión y volvió a colocarlo en el piso.

–Ahora soy yo el que necesita ir al baño.

Mi cara mostró disgusto cuando lo dejé pasar.

Entró y cerró. Sólo era una excusa para quedarse un rato más. Usaba el baño, una vez por la mañana y otra por la noche. Padecía de estreñimiento. Pero yo lo apuraba y él no quería irse.

Sentí cuando abrió el vanitory y me acordé de que había dejado un protector usado. Seguro que lo estaba abriendo. Estaba convencida de que la tira adhesiva no dejaba ver la sangre, pero igual él la iba a abrir y oler. Es un placer morboso que lo excita casi tanto como el olor a transpiración de unos sobacos sin depilar. Seguro que tuvo ganas de nuevo de verse la cosa erecta.

Comencé a gritar del otro lado de la puerta hasta que abrió.

Cuando me incliné y le dije: "¡Vete a la mierda!", no se sintió tan mal. En el bolsillo del pantalón asomaba mi bombacha rosa, sucia. No le dije nada. Pero luego tuve ganas de matarlo. Fui a buscarlo al ascensor. No estaba y me encontré con El Tuerto.

El Tuerto es cubano, es el atípico negro con pelo lacio, ojos verdes y 1,87 de estatura. En fin, el hombre por el que la mayoría de las mujeres siempre están dispuestas a morir de amor. El tipo de macho que le da fama a mi país. Y realmente es tuerto. El ojo que le falta lo perdió en una riña por una mujer, por eso usa un parche negro como el de un pirata. Le queda bien.

Yo lo conocía de La Habana. Venía siempre al cine en el que yo trabajaba a la misma hora. A la tanda de la una. Era la tanda preferida de la gente que trabajaba cerca. Todos inventaban algo al estilo de "Voy a resolver una cosita" y se metían en el cine. Él estaba en algo de computación en el Ministerio del Azúcar y siempre se metía conmigo y con mis nalgas.

Ya dije que en Cuba las tetas no importan, las nalgas sí. Allá no tenía problemas. Los hombres me miraban.

Cuando lo vi, quise morirme, porque mira que esta ciudad es grande y venir a encontrarlo en mi

edificio. Él también se sorprendió. De la sorpresa su único ojo parecía un plato que me miraba.
—Oyeeee, chiquita, ¿que tú haces aquí?
—Yo vivo aquí.
—No me digas.
—Sí te digo.
—Ves, yo sabía que esa cosa que tienes atrás yo la conocía.

Gracias, Dios mío, por dejar que mi culo siga parado. Gordo pero parado, recé en voz baja. El Tuerto no me escuchó y empezamos a hablar como si hubieran pasado años sin vernos. Era cierto. Me contó que alquiló hacía una semana y que vivía en el piso cuatro. Ya me había dado cuenta porque hacía unos minutos que estábamos parados allí, mientras él con la puerta abierta me contaba de La Habana. Estaba feliz. Creí que no me iba a invitar a su casa pero cuando la vieja del piso once empezó a gritar: "¡ascensor! ¡ascensor!", lo hizo. Acepté. Pero antes rompí el ascensor para vengarme de la vieja del once por haberse demorado en gritar. Que bajara los once pisos para que viera lo que es bueno. A veces tengo esos prontos. Ya dije que soy mala.

La casa de El Tuerto era hermosa. Pensé que iba a encontrar un reguero del carajo, pero no. Todo estaba en su sitio. Y en el medio de la sala un sillón como de cinco cuerpos y un balance. Me encantó encontrar un balance y ahí mismo me senté. Él lo hizo en el sofá.
—Tuerto, ¿qué tú haces aquí?

–Es una larga historia, jevita.

Me pasé todo el tiempo ansiosa en espera de la historia de su vida. Pero primero hizo café. Iba por la cuarta taza y no sabía mucho cuando entró una negra. Ahí sí por poco me muero. Supe enseguida que era cubana y no por eso de que era negra, sino por su cara. Era bonita. Las negras que viven en Buenos Aires, si son bonitas, son cubanas.

Me dijo:

–Yunisleydi, mucho gusto.

A mí de la alegría me dio por darle un beso.

–Tú, tranquila, esta muchacha, que tanta besadera, no hay nada que celebrar, una negra más que conoces. Nada del otro mundo.

Quise decirle que conozco tan pocos cubanos en esta ciudad que verla me dio alegría pero me quedé callada. Ella aprovechó para poner sobre la mesa del comedor una bolsa llena de McDonald's. Miré la bolsa. Se dio cuenta y preguntó si quería una. Negué con la cabeza. Si empezaba a hablar quizás empezaría a llorar para luego tener que mentir porque la verdad es que yo, a los cubanos, les huyo. Sé que soy bastante aprensiva, pero imaginarme la posibilidad real de hablar todos los días de los lugares que conozco y extraño me aterra.

Ella me miraba de forma rara. Es una mirada que he visto muchas veces en los negros cuando creen que un blanco está loco. ¡Que me perdonen si lo que dije suena a racismo! Pero es verdad y que conste que yo no soy racista.

–Tú, esta muchacha, ¿eres del campo?

Lo sabía. De cada diez personas que conozco, nueve creen que soy del campo. Debo tener cara de guajira de tierra adentro.

–No, soy del Cerro.

Su rostro cambió. Me enseñó todos sus dientes.

–Choca esa mano. Yo también soy del Cerro, pero antes de venir me mudé para La Habana Vieja. Creí que con el cambio iba a mejorar pero no. Seguí en la misma mierda. La que te sale del culo y la gente que te rodea. Prefiero el Cerro.

Yo no. Yo odio el Cerro, pero eso no se lo iba a decir. No creo que tampoco le importara mucho. Así que le dije que su rostro me era conocido. Se sonrió.

–Yo trabajé en la Mc Castro de 23 y E. Seguro que fue de allí. Haz memoria, va y alguna vez te resolví una hamburguesita.

Me reí. No me gustan las hamburguesas. Ni las Mc Castro ni las McDonald's. Las hamburguesas las hacen casi siempre de mierda. Pero me sorprendió que aquí trabajara en lo mismo, o mejor dicho casi en los mismo. La versión cubana de las hamburguesas norteamericanas es más terrible.

–Tengo una clase de peste a grajo. ¡El río Almendares bajo mi sobaco!

Lo dijo y comenzó a reírse. Realmente tenía muy mal olor.

–Mejor di que tienes el Riachuelo.

El Tuerto habló, me miró y se rió. Yuni, no. Ella no se rió, más bien puso la cara triste.

–Nunca estuve cerca del Riachuelo, creo que no me gustaría. Tú sabes, esta muchacha, el tango y toda esa mierda. Lo que veo en las fotos es La Habana Vieja, con más colores, pero la misma mierda. ¡No estoy pa' eso!

A Yuni le gusta decir mierda. Creo que repite la palabra como cien veces al día.

–¿Para qué estás, Yuni? –preguntó El Tuerto.

–Pa' la brujería. Necesito trabajo. Me pasé todo el día recogiendo hojas de álamo a ver si le hago un trabajito a los santos. Greta, ¿te llamas así, no?

–Sí.

–¿Sabías que en Cuba hay álamos?

–No, pensé que sólo había en la Unión Soviética, viste que en todas las películas rusas hay álamos o en París, o en Suecia, no sé.

–¡En Cuuuuuba, las palmeraaaaaaas!

El grito de El Tuerto se oyó en todo el edificio porque gritó.

–¡Coño, las traicionó el subdesarrollo! Lo fino para Europa, lo vulgar para el trópico.

El Tuerto quiso decir que nuestro pensamiento no había evolucionado con la partida de la isla. Yo lo entendí. Yuni, no. Ella creyó que él nos acusaba de campesinas. Así que se estiró toda y gritó más alto que El Tuerto:

–Los campesinos que trabajen la tierra pa' que haya arroz, plátano y frijoles pa' comer. Yo no, a mí me gusta el pan con jamón y la Coca-Cola por eso vine pa' acá.

Yunisleydi lleva poco tiempo en Argentina. Vino, como yo, tras un amor que se perdió y se quedó. Danilo Pompa la mandó para casa de El Tuerto. Danilo Pompa es cubano y todo el mundo lo conoce.

A El Tuerto, Yuni le cae bien. Se conocen de La Habana. Ella también iba a la tanda de la una en el cine. Pero no me acuerdo de su cara. Yuni se sentó en el sofá y gritó:

–Tuerto, ayúdame a quitarme las botas.

El Tuerto hizo un gesto de desespero pero la ayudó. Yo me sonreí y ella me dijo:

–Siempre usé botas. Me encantan.

Ese "me encanta", me dio mala espina. Me la imaginé caminando por la calle 23 bajo cuarenta grados de temperatura con sus botas de cuero, transpirando sus pies.

Y así era porque afirmó:

–Éstas las traje de Cuba. Están un poco viejas pero ya dije que me encantan.

Las botas eran en verdad viejas. Estaban peladas en la punta y ni siquiera las capas de betún que Yunisleydi le frotaba, una tras otras, podían ocultarlo.

–Son como un amuleto. Nunca las voy a botar. No sé tú pero yo creo en todas esas mierdas.

Se rió con una sonrisa enorme que volvió a mostrar todos sus dientes, uno a uno, dejando ver la campanilla en lo más profundo de su garganta. Quise hablarle de una vieja palangana en mi balcón. Desistí. Va y no entendía y no quería dar demasiadas explicaciones.

Pedí un ron para digerir tantas casualidades. Nunca me lo tomé porque por la puerta apareció la flaca de la foto que tenía Pepe, la ridícula mujer, capaz de inventar una dedicatoria como "Gracias por enseñarme a amar". Me levanté y le fui arriba.

–¡Perra, quitamacho!

Tenía las manos llenas del pelo rubio de Cara de Tonta cuando El Tuerto y Yunisleydi lograron separarnos.

Ella lloraba. Era la amante de El Tuerto antes de conocer a Pepe. Lo dejó porque éste se repartía entre tantas mujeres que esperar su turno era una tortura.

Debió ser producto de los nervios que me empecé a reír. Me reía y no podía parar. Hasta que la miré y me dio lástima. Quise pedirle disculpas. Lo intenté. Pero se escondió detrás de El Tuerto, terriblemente asustada.

Después que me volví a sentar ella dijo que se iba y todo eso. El Tuerto la calmó. Le clavé los ojos y me di cuenta de que le había roto la ropa. No dije nada más que ahora vuelvo y subí a mi apartamento. Los dejé a los tres sentados en el sofá de cinco cuerpos. Bajé con un vestido. El más lindo. El más caro. Me lo compré en uno de los tantos períodos de adaptación forzada al medio, cuando caí en la comemierduria de las marcas y olvidé las tiendas del barrio del Once. Extendí la mano.

–Toma, te lo regalo.

Al principio no hizo ningún gesto de aceptación,

por lo menos visible. A la pobre seguro que todavía le dolían los golpes que le di, pero después lo agarró. No sé si porque vio la marca y le gustó o porque pensó que era mejor aceptarlo que irse desnuda por la calle.

Si yo hubiera visto en una película lo que me estaba pasando, no lo creería. Demasiadas casualidades.

Sólo faltaba Pepe. Me di cuenta cuando escuché pasos en la escalera. El corazón se me paralizó. Todavía me ocurren esas cosas. No era él sino Héctor, el pajero, con su eterno bleizer verde y una flores algo mustias en la mano, que venía puntual a almorzar. Se sorprendió al verme sentada en una casa que no era la mía. El pobre estaba tomando aire para seguir hasta mi piso. Lo saludé con la mano. El Tuerto lo mandó a entrar. Seguro que pensó que era mi amante pero me encargué enseguida de explicarle:

–Es mi amigo. Como si fuera mi padre.

Esas cosas quedan bien y la gente casi siempre se las cree. Además era verdad.

Héctor entró con su paso cansado y lo primero que dijo antes de sentarse en el sillón junto a los otros tres fue:

–Cualquier día los van a matar por dejar la puerta abierta.

Los pelos se me erizaron. Creo que a los demás les pasó lo mismo. Héctor ni se dio cuenta de la mala onda de sus palabras. Hay que entenderlo. Es viejo y está asustado. Según los periódicos, en Buenos Aires los asesinatos y las violaciones están a la orden del día.

Yunisleydi oyó violación y se encogió toda. Estoy segura de que algo le pasó. A veces leo las miradas de la gente. Es algo que nació conmigo. Quizá le pregunte algún día.

Cara de Tonta no deja de mirarme. Cree que no me doy cuenta, pero la observo con el rabillo del ojo. Y eso me despertó pensamientos obscenos, porque lo cierto es que El Tuerto vive en mi edificio y se acostaba o se acuesta con la novia de mi amante. Si yo me acostara con él, estaríamos en paz. Quizá no sea tan malo y como venganza funcionaría.

No sé.

Pero antes tenía que preguntar.

–¿Cómo conociste a Pepe?

Sé que mis palabras conmocionaron a todos los presentes. El más sorprendido fue Héctor, que miraba a todos los lados preguntando qué había pasado. Como lo conozco y sé que no iba a proferir palabra, preferí evacuar yo misma su duda. Está viejo y si la emoción le provoca un infarto no me lo perdonaría nunca. Así que le dije.

–Don Héctor, ¿se acuerda de las sábanas sucias?
–Sí.
–Ella fue la que las ensució.

El pobre viejo puso una cara.

El único que sonreía discretamente era El Tuerto. Debe estar acostumbrado a los líos de mujeres.

Yunisleydi no sabía qué hacer o qué decir hasta que me encaró.

–Estáte tranquila, chiquita, quieres. No armes líos. Total si lo que sobran son los hombres.

¡Mentira!, quise gritarle eso, pero me callé por educación. Los hombres no sobran, por lo menos no en Buenos Aires. Ya se daría cuenta ella por sí sola.

–Quiero saber –dije y puse mi mejor voz. Ésa que es tierna y dulce, como si lo que me fuera a contar me importara tanto y de sus palabras dependiera mi vida. El mensaje le llegó porque empezó a hablar.

Ella estaba parada esperando el colectivo cuando Pepe la saludó.

–Hola.

–Qué tal –respondió con voz de flauta, nerviosa porque nunca había visto a un hombre tan hermoso.

–Hace mucho que no te veía.

–No lo conozco.

–¿Estás segura? Yo soy Pepe, el primo de Greta.

–No conozco a ninguna Greta.

Mejor que no la conozca, piensa Pepe que escuchándola hablar recupera seguridad. Ése es su método de llevar mujeres a la cama.

–Bueno, me llamo Pepe. Hasta hace pocos minutos iba a seguir de largo hacia cualquier lugar. Ahora te invito a tomar un café.

–Disculpáme pero...

–Como quieras, pero te advierto que si no tomás un café conmigo te voy a seguir hasta donde vayas.

–Voy a trabajar.

A él le molestó la interrupción. Casi nunca nadie lo interrumpe, y siguió.

–Te voy a esperar en la puerta hasta que aceptes.

A veces uno encuentra algo que busca y no puede dejarlo partir, porque si lo hace se va a arrepentir siempre. Yo te encontré. Demasiadas cosas dejé ir en mi vida.

Las últimas palabras las dijo suave, bien suave. Bajó los ojos hasta dejarlos fijos en sus zapatos por unos minutos, el tiempo justo en que ella estaría debatiéndose entre el querer y el miedo. Cuando volvió a mirarla, tenía la sonrisa a punto y los ojos entornados, todo como para que la mujer cayera en la trampa.

–Tengo que irme –suplicó ella.

–Entonces te acompaño. Se enferma la tía preferida y te vas.

Ahora ella le diría: "Está bien". Y lo dijo.

Pepe paró un taxi, la dejó entrar, se sentó a su lado y le tomó las manos. La mitad del camino la pasaron en silencio. Él la miraba fijamente. Ella tenía miedo de estar soñando, de que no fuera cierto, de no poder aguantar las ganas de orinar. Cuando vieron el agua de la costanera, él le dijo:

–Te espero allí –y señaló un restaurante conocido.

Ella sonrió con vergüenza.

–Regreso rápido.

–Demoráte el tiempo que quieras. Voy a estar.

Todavía sonreía cuando él gritó:

–Decíme, ¿cuál es tu nombre?

–Marcia.

Bonito nombre, pensó Pepe, cuando se sentó en una mesa cerca de la puerta. ¿Y si no volvía nunca?

Quizás era lo mejor. Pero él estaba decidido a probar su virilidad con la muchacha cara de tonta.

Puede que sea virgen, el pensamiento lo asustó. Hacía muchos años que huía de las vírgenes. No tenía ganas de pasar por todo el proceso de la desvirgación, y mucho menos la obligación de lucirse, por eso de que la primera vez no se olvida. A él sólo le gustan las mujeres duchas en la cama, las que saben dar placer.

Cara de Tonta atravesaba de nuevo la calle. Tiene piernas flacas, pensó.

Temblaba cuando lo volvió a ver.

–Vamos a mi casa –propuso él.

–Sí, pero...

–Vamos, soy un caballero.

A ella le gustó la casa de Pepe. A todo el mundo le gusta la casa de Pepe.

Cansado, él buscó una botella de vino y sacó de un estante dos copas azules en las que dejó caer el líquido, demasiado pronto, entonces se dio cuenta de que debía haberlas lavado. El polvo acumulado subió flotando en el vino que no era rojo sino negro por la ilusión óptica del cristal. Así ambos lo bebieron. Sin ponerse de acuerdo. De un solo trago.

Después Pepe la terminó de desnudar y la penetró con fuerza. Ella gritó todo el tiempo de puro placer. Orgasmo tras orgasmo.

Todo lo anterior es culpa únicamente de mi imaginación privilegiada. Ella sólo contó hasta el brindis, no sé si sintió placer o no. Creo que sí porque los ojos le brillaban de una forma... El Tuerto se dio cuenta y se puso celoso. Creo que don Héctor también.

La mayoría de los hombres no se da cuenta si una mujer goza en la cama o no. El que diga que no es así, miente, pero es más cómodo creer que sí.

Después de la confesión me tranquilicé bastante. Si Pepe había preferido a otra no sabía lo que se perdía. Ahí fue Yunisleydi la que copió mi pensamiento. Porque dijo muy finamente:

–A rey muerto, rey puesto.

La hija de puta me estaba echando al ring. Me molestó porque por poco dice el nombre de El Tuerto y aunque no voy a negar que los pensamientos pecaminosos seguían en mi mente, no me iba a tirar encima del otro, así como así. Por eso me puse de pie y dije:

–Gracias por el café, me voy a mi casa que tengo que conversar con don Héctor.

Don Héctor también se levantó del sofá de cinco plazas. Si digo que al hacerlo se le fue una flatulencia que todos fingimos no escuchar, no miento.

Caminé hacia la puerta recordando a mi querida Greta Garbo y al llegar a ella, me separaban cinco pasos, dije:

–La próxima visita es en mi casa. Están todos invitados a cenar mañana. Tú también –miré a Cara de Tonta. Y me fui.

FIN CARA A

Pepe

Treinta y cinco centímetros de pene en erección es una buena excusa para no querer llamarme Pepe y mucho menos cuando ésa no es mi medida sino la de mi padre. Claro que es cierto que nunca he tenido a mi persona en gran autoestima. Llamo persona no sólo al ser completo que soy sino a mi miembro viril. Siete centímetros muerto, doce en erección. Para cualquier hijo varón, descubrir que la ley de la herencia se ha burlado miserablemente de él puede traer efectos terribles.

Y aunque mi padre murió hace un tiempo producto de una hemiplejia fulminante, en el cuarto que la señora que nos ayuda en la casa usa para planchar, es ahora cuando logro reunir las fuerzas que me faltan para sentarme a escribir la historia, en una especie de exorcismo vulgar alrededor de la figura de mi viejo.

La culpa la tiene Greta y su pasión de mujer sub-

desarrollada, buscando la tecnología en los equipos de comunicación. Greta grabando la historia de su vida, de la que yo, Pepe, formo parte. Greta jugando con la historia que no conoce. Greta que no está segura de si yo la amé, cuando realmente yo la amo. Greta que me acaba de llamar y me invita a cenar para que conozca a unos amigos. Hay mujeres que son totalmente predecibles. Estoy seguro de que Greta, de alguna manera que no puedo imaginar, buscó y encontró a Marcia. Me asombra esta mujer. Sé que le hubiera gustado a mi padre.

Mi padre nació y murió en el mes de junio. Al caer al piso, su cuello se enredó en el cordón de la plancha y eso unido a la hemiplejia hizo más terrible la escena. Aparentemente salió del baño en busca de una toalla. Cuando entré a la casa, desde el living vi sus piernas desnudas en el piso. Corrí pero no había nada que hacer. Busqué una silla y me senté. Lo estuve mirando por espacio de cuarenta minutos, el tiempo justo que se demoró en llegar la Policía y la ambulancia.

Estaba desnudo, muerto y erotizado. Su "gran persona" se mantenía erguida. Él siempre quiso ser marinero y aunque nunca navegó en un velero, no sé por qué se me ocurrió que en su minuto final decidió no arriar las velas.

Cuando vivía, siempre se refería a su miembro como el gran material. Acostumbraba a hablar mucho con mi madre sobre el tema. Casi siempre en mi presencia, pero como hablaban en sentido figurado no entendía nada. Me llamaba la atención la admiración de mi padre por la gran persona, el jardín florecido y a punto, y la manguera. Creía que mi padre quería ser jardinero. En las Navidades de mis trece años, antes de que muriera mi madre, con mis ahorros le regalé un libro sobre floricultura. Pensé que se iba a emocionar pero la verdad es que sólo mostró sorpresa. Ahora estoy seguro de que nunca entendió mi regalo. Debió pensar que era un niño extraño. Me di cuenta de a qué se refería en sus conversaciones botánicas recién cuando cumplí los catorce y entré sin llamar al cuarto de mis padres. Mi madre nunca más me miró a la cara directamente, por eso por mucho que trato de recordar no logro retener el exacto color de sus ojos. Ella falleció tres meses después en un accidente de tránsito. No sabía manejar muy bien y pasó un semáforo en rojo. Mi padre la sobrevivió veinte años sin saber que su muerte iba a dar lugar a mi impotencia.

Cualquier psicoanalista podría tener más de una respuesta para mi caso. Nunca antes había visto sin ropa a mi padre y el descubrimiento de sus medidas fálicas fue demoledor. Mi siempre presente complejo de inferioridad se exacerbó hasta llegar a un límite de impredecibles consecuencias. En esos momentos me sentí triste y pequeño. No imaginaba lo que ocurriría después.

Cuando regresé del cementerio a casa de mi viejo, destruido por la pérdida –siempre lo quise– y empecé a abrir los placares tratando de ahuyentar los fantas-

mas que toda muerte trae consigo, me encontré con la sorpresa.

Detrás de la apariencia inofensiva de mi padre, bien dotado anatómicamente en su interior, pero en el exterior próspero comerciante de clase media, también había un prolífero actor de películas pornográficas, made in Argentina.

Estábamos Anita, ya dije que nos ayudaba con la casa, y yo recogiendo toda la ropa del viejo, que era mucha y metiéndola en esas bolsas negras de basura para consorcio, prácticas y cómodas, de manera que estuvieran listas para cuando Cáritas viniera a buscarlas, cuando mi vista tropezó con un viejo baúl de madera.

Lo abrí porque creí recordar que en él mi madre guardaba botones que yo acostumbraba a robar para mis juegos: caminos de colores que siempre llevaban a un mismo lugar, una montaña en lo alto del cielo donde vivía un viejo loco que se comía a todos los chicos que en la escuela me pegaban; en ese momento, una lágrima me empezó a correr por la mejilla. El tiempo me había enseñado a aceptar la muerte de mi madre pero había pasado tan poco de la de mi padre que me sentía totalmente solo, porque contar al viejo tío Vicente no tenía mucha gracia y mi última novia se había ido, realmente le dije adiós después que encontré debajo de mi cama unas zapatillas viejas en cruz y unos polvos extraños en el pote vacío del café.

Abrí el arcón y encontré más de diez cintas de pe-

lículas. *Encontrar un proyector acorde no fue fácil pero lo logré y esa misma noche me senté en el sillón de la sala con una botella de Chivas Regal, listo para ver las películas que mi viejo había guardado tantos años.*

Las vi.

Siempre pensé que mi viejo se parecía a Humphrey Bogart. Pero ese hombre que se retorcía en todo un ejercicio de lenguas libres, en una especie de fellatio indescriptible, de cuerpos entreverados, no era el Bogart de los besos de boca cerrada, era mi viejo, más joven y con bigote. Mi viejo que de tan zafado no parecía mi viejo.

Mirándolo comprendí por qué yo siempre había tenido cierta predisposición por las películas condicionadas. Ahí sí no podía decir que mi padre no me había legado algo. Los dos teníamos el mismo gusto. Nunca lo conversamos y mi timidez no me permitirá seguir el camino de mi padre.

Iba por la cuarta película y ya no podía más. No estaba erotizado ni nada de eso. El protagonista era mi padre y eso siempre incide. Un árabe en Buenos Aires, *era el título. Ahí el viejo, que aún no lo era, apareció con un hermoso turbante blanco cubriéndole la cabeza. Era lo único que se cubría. Después se pasaba todo el tiempo en cuero por todo Buenos Aires, abrazándose y penetrando una, dos, tres, hasta cinco veces a una morocha con bastante carne y unas hermosas gomas. La historia era bastante tonta, un hombre que llega y se enamora. Sólo lo acom-*

paña su inseparable camello. Fue la primera vez que vi un camello paseando por el Obelisco. Arriba iba mi padre y la morocha enredados. Ella le enseñaba la ciudad.

Había otras interesantes. Excepto por los cuerpos desnudos, podían ser clasificadas como comedias al estilo de las de El gordo y El flaco, o cualquiera de Chaplin. Mi padre médico tomaba la presión a las pacientes que de pronto descubrían que lo que rodeaba sus brazos aprisionándolos no era el simple equipo médico, sino el inmenso falo de mi padre. Ninguna huía, todas se quedaban. Creo que esa noche vi la mayor cantidad de vaginas que veré en mi vida. Después de esa noche nunca más logré una erección completa.

Esta historia nunca se la conté a Greta. Alguna vez pensé hacerlo pero después me dio vergüenza. Estoy casi seguro de que ella se va a reír y hasta puede que me pida ver algunos de los filmes. Greta es cubana y para ellos el sexo es algo más simple. Nunca la vi ruborizarse. Claro que no sé qué haría si fuera su padre y no el mío. Por lo que cuenta creo que no le importaría mucho. Greta odia a su padre.

Cuando la conocí, hacía apenas seis meses del inicio de mi problema. La impotencia no es una enfermedad como otra cualquiera, duele más que ninguna. Durante ese tiempo había estado con otras mujeres, uno, tres, hasta seis días, después desaparecía. El truco elemental sin que esto signifique originalidad. Al principio podía hablarles de stress, pe-

ro la mentira no se iba sostener por mucho tiempo, por eso partía antes. Cuando la vi me gustó y nos fuimos a la cama.

Ese mismo día le dije lo de mi impotencia. Me costó trabajo, aún hoy me cuesta recordarlo, pero a ella pareció no molestarle mucho. "Así me das placer, mucho placer, no importa", dijo pero después habló de la medicina en su país y de que allá podían curarme. Resultado, me fui a Cuba.

No conozco nada de Cuba. Estuve tres meses y medio encerrado en un hospital. Regresé con un artefacto en mi "gran persona". Descubrieron que tenía problemas en la próstata. Nunca más iba a lograr una buena erección. La culpa, me dijeron, no era de mi padre sino de mi cuerpo. Aunque los médicos trataron de borrarme cualquier preocupación adicional, aún hoy estoy seguro de que la culpa sí es de mi padre. Treinta y cinco centímetros de pene erguido penetrando a una mujer quizás produzca sensaciones nunca imaginadas, siempre que no sea mi madre, quien estoy seguro odiaba a mi padre por sus medidas y a mí por venir de él.

Me parece extraño estar filosofando sobre la extensión fálica de mi viejo. Es algo inmoral. Pensar que tenía las mismas medidas que John Holmes, el más famoso actor de películas pornos, y que los dos se dedicaron al mismo tipo de cine. Sé que Holmes filmó más de dos mil películas, mi padre no sé cuántas, quizá sólo las diez que guardaba en el baúl de mi madre. Eran otros tiempos, pero los dos no eran ni de-

masiado grandes, ni negros, ni pelados, no eran el tipo de hombres acorde con el mito.

Mi padre tuvo menos suerte, porque no sé quién sería la morocha del camello, ni las rubias, pelirrojas, ni las otras morochas, pero ninguna estaban tan buena como Traci Lords, Ginger Lynn o Marilyn Chambers, las grandes estrellas del cine porno que sí eran amigas de Holmes.

Un poco de celos del viejo debo tener. "Los celos constituyen una falla importante en la suposición esperanzada de los años sesenta acerca de que cuanta más gente se acuesta contigo, más te aflojás; que un aumento en el tráfico sexual produce una disminución en las emociones desagradables, excitadas a veces por el asunto. Más sexo, más emociones, más problemas; ésa parece ahora la línea lógica" (Julian Barnes). A decir verdad, creo que actualmente él los tendría de mí.

El artefacto que tengo, puesto en Cuba, permite erecciones interminables, lo que posibilita que en los últimos tiempos mi imaginación se esté desarrollando a una mayor cantidad de revoluciones. Todo me está permitido, por lo menos en apariencia. Las cosas que hago no son para ruborizar a mi padre, creo que tampoco me tienta el sentido de competencia.

Filosofando, diría como Somerset Maugham: "Mi propia creencia es que difícilmente exista alguien cuya vida sexual, si fuera trasmitida por radio, no llenara al mundo entero de sorpresa y horror".

Precisamente horror fue lo que sentí cuando escu-

ché vía grabador las confesiones de Greta. Mi bella cubana, maniáticamente celosa, no me entiende. O quizá me entiende demasiado pero no pregunta. Lo contrario de Marcia, mi bella argentina histérica y un tanto prejuiciosa.

Vivir entre dos mujeres siempre fue un sueño. Dos mujeres que hoy me ven como el paradigma del éxito. Soy un macho-man como acaba de decir Greta que me llama su amiga Yunisleydi –los cubanos son capaces de inventar mucho más que un artefacto que te eleve la pija, inventan nombres.

La categoría de macho-man me produce un ataque al hígado. Porque lo que no saben Greta, Marcia, ni siquiera la chica del nombre impronunciable es que estoy decidido a morir.

Sé que sueno patético. Pero la visión de la muerte de mi padre, condicionada por un falo erguido y el descubrimiento de su carrera como actor de películas XXX y mi imposibilidad física y mental de poder emularlo me han convertido en un eunuco, herido en mi carne y en mis ilusiones. La existencia trágica de mi cuerpo sometido a la violencia y la importancia de las mujeres en mi vida, me llevan a un único camino: el suicidio.

Ahora mientras escribo quiero librar a todos de cualquier responsabilidad con mi muerte.

Dejo mi casa y mis libros, incluso las novelas que nunca terminé, a Greta; ella, por lo que escuché, puede llegar a ser una buena escritora.

Mi lámpara china a Marcia. Siempre quiso tener una.

Mi cuerpo debe ser cremado y nunca, nunca enterrado junto a mi padre y mi madre. En la eternidad preferiría estar solo.

En honor a la verdad, nunca me tuve mucho aprecio.

PARA SER LEÍDO DESPUÉS DE MI MUERTE

B

"¡Corta más limón! ¡Más limón!"

El Tuerto me dijo por teléfono: "¡Prepárate que no vas a tener que cocinar! Vamos a hacer un lechón asado como en Cuba! Vas a creer que estás en el patio de tu casa". Me reí. "¿Qué patio, Tuerto?" "Tu balcón", respondió y cortó la comunicación.

Casi me puse a gritar. Sabía lo que estaba pensando. Así que corrí a abrir las puertas del balcón y a pasar la escoba. La falta de espacio hizo que convirtiera ese lugar en un sitio para guardar. Por ejemplo, tengo una palangana. No sirve, pero como Yuni con sus botas viejas, ella es mi amuleto. El agua se sale. Pero me da lástima botarla. En Cuba tenía una igual. La puse en el balcón para que mire el paisaje. Que yo me sienta sola no es razón para que ella también lo haga. Y, además, no soy tan mala como para botar por inservible a una compañera.

Minutos después, cuando El Tuerto llegó, ya todo estaba limpio. Venía con una bolsa de carbón al hombro, ésas de diez kilos. Ahí me acordé de mi infancia y del viejo Eusebio, el carbonero.

Creo que tenía cuatro años cuando mi abuela me empezó a asustar con el viejo Eusebio. Él pasaba una vez a la semana vendiendo carbón que casi nadie compraba porque las cocinas de gas soviéticas iban poblando las casas. A veces, alguna vieja del Solar de los Cinco Pesos salía con un cubo que él llenaba sonriente. Luego la vieja armaba una gran fogata en el patio del solar para hervir la ropa hasta que la ceniza comenzaba a caer en las casas vecinas y ensuciaba las sábanas blancas. Entonces salían las vecinas y todo terminaba a los gritos de: "¡Cochina, cómprate la cocina de gas!".

A la semana siguiente, el viejo Eusebio volvía a pasar y alguien le compraba otro cubo de carbón y la escena se repetía. Los niños siempre vigilábamos el momento en que llegaba al barrio. De pronto la calle quedaba desierta y los juguetes regados en las aceras. Ningún chico se atrevía a salir, sabíamos que en los sacos además de carbón llevaba niños que se portaban mal.

Antes de salir de La Habana vi el retorno de los Eusebios. Ya nadie gritaba por el gas. No había.

Miré la bolsa de carbón sobre El Tuerto y sentí ganas de llorar, pero sin darme tiempo para nada comenzó a romper el piso del balcón. No tenía sentido ponerme a discutir el hecho, por tanto lo asumí como algo que tenía que pasar. Respiré profundo. Me miró directo a los ojos y dijo con seguridad:

—No te preocupes, es sólo un poquito, lo preciso para acomodar el carbón.

Preciso era una palabra desconocida para El Tuerto porque metía y metía martillazos y los mosaicos se iban rompiendo como una demolición con todas las de la ley.

El Tuerto transpiraba bajo el esfuerzo. Los músculos de la espalda se marcaban en su camisa a pura agua. Sé que en un momento se olvidó de dónde estaba.

Pum, martillazo. Pum, mosaico. Pum, Cuba. El golpe seco. La mirada perdida de El Tuerto. Romper, comer. Romper, comer y que viva la pachanga.

—Greta, alcánzame dos percheros de alambre.

—No tengo percheros de alambre, Tuerto. Sólo de plástico.

—¿Y cómo coño hago para poner el cerdo a asar?

—Tengo una parrilla.

Su cara se iluminó. Primero abrió la boca y después dejó escapar una sonrisa grande.

—Chiquita, te llegó el desarrollo.

Asentí y pensé proponerle importar parrillas a Cuba. Pero se rió.

—Una parrilla no es igual. Te dije que íbamos a hacerlo como si estuviéramos en la isla. En mi casa tengo percheros de alambre. A mí no me ha dado por el plasticón. Termino de romper y luego vemos.

Pensé que El Tuerto se estaba preparando para

la supervivencia después de la Tercera Guerra Mundial o que estaba involucionando hacia los primeros estadios de la sociedad primitiva, y se lo dije. Me miró con cara de espanto.

–Oye, tú, ¿qué te pasa?

–Nada, Tuerto.

–Oye, que tú llegaste acá hace poco. ¿Tienes mala memoria?

–Sí.

Qué otra cosa podía decirle. Que me daba vergüenza recordar que en Cuba rompíamos el piso para asar un puerco. Él lo adivinó.

–No te preocupes. Ya dije que sólo era un poquito.

Por suerte las oficinas que rodean mi edificio estaban cerradas. Pensé en los jodidos turistas que se paran abajo, a mirar la cúpula. A ver si alguno se asustaba y llamaba a los bomberos. Pensé en la policía, desconocedora del espíritu cubano, pensé en Yunisleydi sin papeles, que cuando regresara de la verdulería cargada de limones y yucas se iba a encontrar con la deportación.

Pensé en todo. Él adivinó que mi olfato se estaba poniendo sensible porque dijo:

–Niña, nunca en tu vida has comido algo como lo que vas a comer hoy.

De nuevo me sorprendió. No sé cómo adivinó que yo por la boca muero. Tengo un apetito astronómico. Cargo con hambre histórica. Soy capaz de devorar toneladas de cualquier cosa comestible. Empecé a recordar el olor a cerdo asado, el crujir del pellejito que se derrite y la grasita cayendo sobre las brasas. ¡Ay, mi madre! ¡Que viniera la policía, el presidente, Inmigración completa!

–¡Rompe, Tuerto, rompe! –grité.

Y me metí en la cocina a exprimir limones, macerar ajos y cortar cebollas sin mirar la mesa del comedor donde estaba el pobre cerdito patas arribas.

Creí que El Tuerto iba a aparecer con un puerco de doscientas libras, pero no, trajo un niño cerdito, tan chiquito que da lástima. Él sabía que me iba a dar lástima el pobre animal. Mirándome a los ojos me dijo:

–Greta, en esta ciudad sólo se consiguen animalitos así.

Le respondí:

–Esta bien, Tuerto, no hay problemas.

Pero sí los había. Una vez tuve un jean. Era el más hermoso de todos los jeans de La Habana. Comprarlo me llevó tiempo y mucho dinero. Cuando lo tuve se pegó a mi cuerpo. Creí que íbamos a morir juntos. Todo el que pasaba por nuestro lado nos miraba. Un fin de año fui al campo a buscar algo para comer en las fiestas. En una casa me dio ganas de ir al baño. Le pedí permiso al guajiro y me dejó pasar. Apenas me bajé el jean cuando el guajiro se paró en la puerta y me dijo:

–No te lo subas. Te lo cambio por este puerquito.

Mi jean miraba al animal y lloraba en el piso: "¡No me dejes! ¡No me dejes!". Sentía el sollozo en mis oídos. El guajiro seguía en la puerta. Los ojos clavados en el pantalón, aunque alguna vez, con disimulo, los dejó puestos en mi ropa interior.

–El puerquito es de buena raza. Si lo engordas lo puedes vender muy bien y comprarte otro pantalón. En la capital hay muchos jeans pero no hay puerquitos como éste.

Mi jean seguía llorando cuando el guajiro se lo llevó entre sus brazos. El puerquito entró hipando al baño y se colocó entre mis piernas. No pude controlar el esfínter y el pis salió directo a su hocico. Una larga línea de agua amarilla bautizando al cerdito. Cerré los ojos agotada por el sufrimiento.

–¡Guajiro! ¡Guajiro! ¡Guajiro! –grité.

El hombre volvió a la puerta del baño. Pensó que le iba a quitar el jean y me ofreció el cerdito más una jaba de papa. Mi jean gritó: "¡No! ¡No!". Yo asentí y él se llevó de nuevo mi jean.

El cerdito lo vendí bien. Me lo compró una vecina. Durante algunos meses lo vi asomar su hociquito entre las centenarias y macizas rejas del balcón. Un día no lo vi más. Nunca más me compré un jean.

–Greta, ¿estás llorando?

La voz de El Tuerto me sobresaltó y de un manotazo me limpié la mejilla.

–Si lloro no te preocupes.

–¡Qué sentimental me salió la niña! Está llorando por el animal.

–No, y si así fuera, igual me lo voy a comer.

Dije esto último pensando que asar un puerco lleva tiempo y mis tripas estaban pegadas al espinazo.

Él volvió a adivinar.

—Bajo un momento y te traigo algo de comer. Anoche cociné para un batallón y sobró casi todo.

Me pareció que había mucha tristeza en su voz y le pregunté:

—¿Qué te pasa?

—Estoy cansado, nadie me quiere.

—No jodas.

—De veras. Creo que me estoy argentinizando y eso duele. Coño que sí duele. Veo las cosas negras.

—Ves a Yunisleydi muy seguido.

El Tuerto se rió. No pudo evitarlo. La vida era igual en todas partes. La noche anterior estuvo leyendo un libro. Una historia molesta sobre cubanos viviendo en París, en Miami, en cualquier parte. Sintió rabia porque el libro estaba bien escrito y le despertó un montón de recuerdos que él quería olvidar. La madrugada lo sorprendió haciendo frijoles negros especiales, arroz y huevos fritos cuyas sobras me iba a comer yo.

Lo bueno de vivir en el mismo edificio es eso, todo es rápido. Cuando creía que El Tuerto estaba en el cuarto, ya había subido de nuevo. Prendió la hornalla y el olor a comida recalentada me hizo aspirar con fuerza. Las ventanillas de la nariz se me hincharon. Sentí dolor en el alma y una punzada fuerte en el estómago.

"¡Madre mía!", grité cuando llegué a la cocina.

Él me sirvió un plato grande y el agua de los frijoles me cayó entre las manos. Me chupé los dedos como si volviera a ser niña.

Empezamos a comer en silencio, devorando las cucharadas, con hambre vieja, hasta que El Tuerto comenzó a torturarme ofreciéndome íntegra la receta de los frijoles negros especiales tal como los hacía Nitza Villapol, la doña Petrona de la isla, creadora indiscutible de los machuquillos de plátanos verdes, del majarete con queso pero también del picadillo de gofio, de los bifes de pomelo, entre otras ¿delicias? gastronómicas.

2 libras de frijoles negros
1 libra de ají
1 libra de cebollas
2 latas de pimientos morrones
2 tazas de aceite de oliva
1/3 de taza de vinagre
2 cucharaditas de azúcar blanca
sal y pimienta, a gusto.

Un día antes hay que cocinar los frijoles en agua suficiente para cubrirlos.

Al siguiente, moler las cebollas y los ajíes, guardando el líquido que sueltan al molerlos. Poner todo eso a cocinar hasta que el líquido se consuma. Añadir una lata de pimientos morrones molidos, y la mitad del aceite. Sofreírlo bien y agregarle los frijoles. Sazonarlos con sal, pimienta y azúcar y dejarlos cocinar a fuego muy lento unas tres horas para que espesen. En ese tiempo, terminar de agregarle el aceite, el vinagre y la otra lata de pimientos morrones cortados en pedazos y el agua de éstos.

Tanta memoria culinaria en El Tuerto me dio más hambre. Pregunté golosa:

—¿Por qué no hiciste congrís?

—No tenía ganas.

—¿Sabes, Tuerto, por qué al arroz con frijoles se le llama congrís?

Me miró con cara de no digas estupideces, consciente de que estaba admirando sus dotes como cocinero. No le hice caso y seguí. Estaba segura de mis conocimientos. Lo había leído en una revista.

—El congrís viene de Haití, allá a los frijoles colorados le dicen congó y adivina cómo le dicen al arroz.

—¿Cómo?

—Riz, arroz en francés. Así nació el congrís, de congó y riz.

—Muy inteligente.

Suspiró y no quise darme por vencida. Estaba bien que él supiera cocinar pero que no quisiera oír sobre mis conocimientos de cocina cubana me parecía de muy mala educación. Así que para terminar dije:

—Hubo un tiempo que al congrís también se le llamó voluntarios y bomberos porque los voluntarios eran blancos y los bomberos negros. Claro, cuando Cuba era de España.

—¿Y ahora no lo es? —preguntó él con aparente ingenuidad.

–¡Deja la contrarrevolución por lo menos a la hora de comer!

Grité molesta. Me levanté de la silla y puse en el grabador a Pachito Alonso con el ritmo pilón, y después a Amaury Pérez y me volví a sentar en la mesa hasta terminar con el estómago terso y los ojos llenos de lágrimas.

Ahí El Tuerto gritó: "¡A templar, a templar, que el mundo se va a acabar!". Me levantó el vestido y casi sin quitarme la ropa interior ni pedirme permiso ni nada me penetró. Lo mordí con fuerza.

–Hijadeputamariconasingáporelculo –dijo y se rió.

"¡Madre mía!, ¡Papito sabroso!", alcancé a decir antes que él me dejara caer en el piso donde quedé sentada con las piernas abiertas agitando el *bloomer*, que al fin me quitó, como una bandera muerta.

"¡Viva Cuba!", repitió seseando y se limpió con un repasador que encontró en la cocina. Miró el fondo de la cazuela de frijoles negros y como si nada hubiera pasado me preguntó: "¿Quieres más?".

–¡Noooo!

Él se rió y volvió al balcón.

Yo regresé a cortar cebollas, con las orejas encendidas sin saber qué hacer. Por una parte me daba rabia El Tuerto que me había tomado por sorpresa y por otra, yo me dejé. Un montón de sentimientos contradictorios me daban vuelta en la cabeza.

Comencé a llorar y culpé a las malditas cebollas. Me secaba las lágrimas con un repasador, no el que había utilizado El Tuerto para limpiarse, y seguía llorando. Entonces entró Pepe. Sin tocar.

Habíamos dejado la puerta abierta. Por un segundo imaginé la escena si sólo hubiera llegado unos minutos antes. Fue cómico. Yo con la cara llena de lágrimas y El Tuerto con el martillo en alto mirando a Pepe.

Juro que cuando los presenté El Tuerto hizo una mueca. Ahí me di cuenta de que Cara de Tonta le había contado más de lo que supuse. El Tuerto sabía el secreto de Pepe y quizás Yunisleydi también. Me quise morir. A los cubanos nos encanta el chisme. El chisme en cantidades industriales y El Tuerto y Yuni no eran tan amigos míos como para creer que no contarían la historia más adelante. El sentido del ridículo se adueñó de mí. Enrojecí violentamente. La cara me ardía.

–Pepe, él es El Tuerto.

Pepe hizo un gesto de saludo y colocó dos bolsas en el piso.

–Esto lo traía Yuni, fue hasta su apartamento un momento. Me dijo que venía ya.

–¿De donde conoces a Yuni? –pregunté con ganas de ahorcarlo.

–Acabo de conocerla.

Un suspiro de alivio se me escapó. Los dos hombres me miraron. Me sentí estúpida. No sé por qué nos pasa con tanta frecuencia a las mujeres. Cualquier hombre con una simple frase nos hace mierda, nos empuja al miedo, a la competencia, a la soledad.

Yunisleydi subió casi enseguida. Tenía puesto un top rojo. En Cuba le decimos baja y chupa. Saludó a El Tuerto con un beso en la mejilla y le apretó el hombro a Pepe. Luego fue a hacerme compañía a la cocina. Llegó y me dijo:

–Greta, tu man es extraño.

Yunisleydi dice tu man, tu macho, tu fukifoni y yo le pregunto:

–¿Por qué?

Ella parece no entender mi pregunta, o quizás sí, o piensa que soy una comemierda porque no me doy cuenta de que ella sabe la historia.

–¿Por qué es extraño mi man, Yuni? –le vuelvo a preguntar convencida de que Marcia le contó algo, y queriendo que me lo confirme. Pero no. Creo que no, porque dice:

–Pepe escupe.

–¿Y? –vuelvo a preguntar.

–Escupe, escupe, escupe.

–Le dolerá la garganta.

Trato de adivinar o por lo menos de salvar en algo la reputación de Pepe.

–Escupe y habla con los locos.

–¿Y cómo tú lo sabes?

–Lo vi. Venía de la verdulería y lo reconocí por la foto. Como vi que seguía de largo lo seguí.

–*Sherlos* Holmes.

–No. Soy chismosa. Ya te lo dije.

Me conmovió su sinceridad.

–Pepe es extraño. ¿Qué más hizo?

–Comenzó a caminar por toda Reconquista hasta la plaza San Martín. No sé lo que pensaba él, pero te juro que yo me convencí de que estaba quemado y que un tipo loco no te convenía.
–Entonces por qué lo seguiste.
–Ya te dije. Primero por curiosidad.
–Y segundo.
–Porque camina lindo el man. Con las piernas abiertas y todo eso. La mayoría de los hombres no saben caminar. Van de un lado para otro como si la vida les pesara.

Yunisleydi en Cuba era bailarina. Dice que de Tropicana, pero no sé si es verdad. Aquí conocí a varias muchachas que decían lo mismo. Pero si es verdad, algo de piernas y caminao lindo ha de saber.

–No te pongas celosa, chica, pero verdad que camina lindo. Yo te lo estaba vacilando, digo que con buena intención, porque por mi madre te lo juro, los hombres de mis amigas para mí son sagrados, cuando de pronto se agachó. Sentí el vómito. Lo juro. Cuando pasé por al lado miré el charco. Era impresionante. Estaba segura de que allí estaban sus amígdalas. Pero no. Se secó la boca con las manos y siguió caminando hasta llegar a la plaza.

"Si me preguntas cómo lo supe, la verdad, lo que se dice la verdad es que no lo sé. Pero sabía que se iba a sentar cerca de los tres borrachos. Ésos que siempre están en la plaza y que se la pasan comiendo. Las veces que yo paso por ahí siempre están en la jamadera. Hay uno que hasta es filósofo. Una vez me preguntó si yo sabía el color exacto de los océanos. Lo mandé a cagar."

–No me digas –afirmé riéndome. Me imaginé la cara del borracho.

–Sí, lo hice. Pero a tu man los borrachos le caen bien. Debe ser porque hombres complicados, lo que se dice complicados, eso son los de aquí, aunque mi amiga Perlita que vive en España me dice que los complicados son los de allá y la Solangel que está en Italia repite lo mismo.

Quise decirle que para mí también los cubanos eran complicados pero ella no quiso aceptar mi verdad, dijo que si me daba la razón nada iba a tener sentido y que a veces era bueno creerse las mentiras.

–Greta.

–¿Qué?

–Esos borrachos me dan una pena. Me parece que estoy en Marianao con el negro Felipe y un pomo de alcohol de noventa haciendo un chiringuito para espantar los malos ánimos. Carajo, para qué me fui de Cuba si aquí estoy todo el tiempo acordándome de aquello. ¡Qué mierda!

–¿Qué pasó con Pepe? –le pregunté, porque la verdad es que no tenía ganas de que Yunisleydi comenzara a contarme su vida, por lo menos no en ese momento.

–Él se sentó en un banco, al principio lejos de los tres borrachos, después éstos lo miraron y él los saludó. El más viejo alzó un cartón de vino y le brindó. Pepe se levantó y fue hacia ellos. El mismo viejo dijo: "Se está mejor aquí que en casa". "Ya lo creo", le respondió Pepe. El viejo se limpió la boca con la mano y un pedazo de lechuga cambió de lugar. Ahora estaba más cerca del labio superior que del inferior, justo al lado de la nariz. Otro de los hombres alzó una bombilla de mate y también brindó: "Dios protege a los simples". "Dios me da ganas de llorar", afirmó el tercero de los hombres mientras se apretaba un granito rojo lleno de pus.

Pepe vio cómo el pus desaparecía entre los dedos del hombre y no dijo nada. Yo tenía ganas de gritarles: "¡Cochinos!", pero no lo hice. No quería que me descubriera, y él creo que no quería pelearse con Dios porque miró hacia el cielo. No sé si vio algo o no. Yo miré y sólo vi las nubes aplastadas y el viento soplando entre los árboles como si fuera una gata parida, por lo menos aullaban igual.

–¿Y qué más pasó? –le pregunté.

–Pepe dijo: "Tengo ganas de orinar". El hombre dos lo miró y respondió: "Extraño la cama conyugal".

Yo creí que estaba soñando y me levanté del banco. Pepe también. Le oí decir: "Debo buscar un baño".

¿El yin o el yang? –le preguntó el mismo hombre.

Él no respondió y yo lo vi caminar hacia mí. Sabía que me iba a descubrir. Me preguntó:

–¿Vos sos la del nombre impronunciable?

–Me llamo Yunisleydi, pero si para ti es un problema, con Yuni basta.

–Yuni.
–Decías.
–Vos me estás siguiendo.
–Sí.
–¿Por qué?
–No sé. Un pronto.
–¿Cómo te reconoció? –le pregunté.
Ella me miró con cara de pocos amigos.
–¿No sabes, Greta, o no te acuerdas?
Su voz sonó fea. La miré asustada, no sabía qué pensaba, pero estaba segura de que tenía ganas de pegarme. Peso setenta y tres kilos y Yuni debe estar en los ochenta y cuatro. Poco iba a poder hacer.
–¿No le hablaste de mí? ¿No le dijiste que yo era una negra con un nombre extraño?
–Síííí.
Se lo había dicho a Pepe por teléfono, pero juro que todo lo dije con buena intención. Creo que Yuni es una negra linda, aunque ahora me doy cuenta de que ella no lo cree tan así y por eso está molesta.
–¿Qué más te dijo Pepe?
–Sólo lo que acabo de decir. La próxima vez que quieras hablarle a alguien de mí, obvia lo de negra.
Ahora sí que me volvía loca. No soy racista. Pero Yuni es negra, entonces no veo por qué no puedo decirlo.
–Tengo sed.
La voz de Pepe nos sobresaltó a ambas, casi me había olvidado de que estaba en la sala.
–¿Qué vas a beber?

Sabía lo que iba a pedir.

–Un whisky.

–Greta, yo también quiero uno –dijo Yuni que se viró hacia Pepe para decirle: "Te voy a ayudar". Y luego agregó desafiante–. Me gusta el alcohol.

Él la miró tranquilo.

–A mí también.

Pepe se sirvió el whisky y mientras movía de un lado a otro el líquido, se acercó a mí y me abrazó. Me pareció que quería darme ánimo o decirme que Yuni no le gustaba o no sé qué. Se empinó el vaso de un solo trago y se quedó chupando el hielo por un rato. Cuando se cansó me dio un beso y me lo pasó.

Me encanta comer hielo. Es frío y cuando uno arde hacen falta cosas frías. Y yo estaba caliente. Por todo. Yuni intentaba coquetear con Pepe, por El Tuerto que sigue preparando el puerco y me guiña el ojo sano a través de la puerta abierta, porque yo no nací para cocinera y me estaba arrepintiendo de mi buena voluntad de la víspera. Por el insoportable olor a cebolla que salen de mis manos. Nunca más tendré unas manos normales, unos manos que no huelan.

–Eso se pasa.

–¿Qué?

Miro a Pepe sin entender nada.

–El olor.

Sé que lo hizo con buena intención pero no soporté sus palabras. Estoy tan cansada de que todos averigüen lo que pienso. Necesito ser una persona normal. Cualquier día voy a querer soplarme la nariz y alguien me va a acercar un pañuelo o voy a querer ir al baño y me van a abrir la puerta sin que yo diga nada.

Es horrible ser tan predecible, es horrible no tener intimidad, casi tanto como lo es la cara de Pepe cuando recién abrió la puerta y se encontró con Marcia y Héctor, el pajero. No sé por qué, pero creía que Pepe sabía que ella iba a estar. No puedo haberme equivocado tanto con un hombre del cual pensé que, de tan mío, era casi mi creación, nunca mi hijo, que suena feo y no lo es. Pepe ni en los mejores tiempo me dijo mamita. Creo que es el único que no lo ha hecho y se lo agradezco.

–Hola, Marcia.

La voz no me tiembla.

–Hola.

Ella respondió nerviosa. ¡Oh, Dios, a ella sí le tiembla!

–A Pepe lo conoces, quizá no pensaste encontrarlo aquí, pero yo lo invité. Es bueno tener a todos los amigos juntos.

Soy cínica, terriblemente cínica. Cómo pude hacerlo. Cómo traje a mi hombre hasta la boca del lobo. Cualquier cosa que pase de ahora en adelante será mi culpa. Soy yo y no aprendo que no hay que subestimar las fuerzas. Soy yo y no soy tan moderna como pienso. Soy yo, Greta, la perdedora, pero a pesar de todo, amable y buena anfitriona.

–¿Cómo estás, querido Héctor?
Juro que mi voz ahora es hermosa.
–Bien, hijita –dice él, cada vez más convencido de que debe hacer como si fuera mi padre. Aunque dudo de que tenga ganas de tener una hija tan loca.
–Pónganse cómodos, la comida aún demora.
–Me lo imaginé, por eso traje algo para picar.
El querido Héctor saca de la bolsa un taper azul, lleno de pescado al horno.
–Denle las mujeres hermosas a los hombres sin imaginación –grito, verdaderamente sorprendida, mientras camino hacia la mesa.
Hoy es un día especial así que no me molesta sacar el mantel de las grandes ocasiones. Un mantel blanco tejido a crochet con finísimas aplicaciones de mariposas volando. Me gustan las mariposas cuando vuelan, por eso lo pongo, me imagino que quizá cobren vida y salgan por la ventana con mi mesa en andas y la gente piense que es un milagro, tal como es el que yo ponga una mesa como debe ser, o como es aquí.
En Cuba los manteles casi no existen, o sí existen, esos bellos manteles de naylon con florecitas, importados de Taiwán, aunque nadie sabe que son importados porque a nadie le preocupa que haya manteles cuando lo importante es que haya comida.
Siempre que me pongo a filosofar sobre el hambre me pregunto dónde están los límites entre la carencia y el no hay. Digo, vengo de Cuba y la gente pretende ver mi esqueleto. Nadie entiende por qué

mis huesos no asoman sobre mis ropas. Por qué estoy bien vestida, por qué no soy negra, y no vivo en una tribu. "¡Soy cubana!, ¡No africana! ¡Y soy gorda!", grito.

También debería decir que me acostumbré a usar servilletas en este país, pero no lo digo, las compro y las pongo sobre la mesa.

Pongo las servilletas para que las usen el viejo Héctor y Marcia y Pepe, pero estoy segura de que cuando el puerco se ase, ni El Tuerto, ni Yuni ni yo las vamos a usar, nos vamos a limpiar la boca con las manos y la grasa se quedará prendida en nuestros dedos y será hermoso y será sabroso chuparse los dedos.

–En Oceanía los popapeos insertan un pez en la vagina de la mujer y lo extraen lentamente antes del coito. En la mayoría de las culturas el sexo se asocia con conductas agresivas –cuenta Héctor mientras ayuda a Marcia a servir.

–¿De donde sacaste ese pescado? –pregunta Yunisleydi creo que un poco asustada por la cara que puso.

–Lo compré esta mañana. Me dijeron que era fresco. ¿Querés?

–No, gracias –responde ella demasiado rápido, confusa porque piensa que el viejo Hector es extraño y aunque sabe que no tiene vagina, quién sabe que hizo con el pescado antes de cocinarlo.

Yuni siempre piensa mal de la gente y si no lo hiciera no sería ella. Además Marcia le cae mal y es la que sirve la comida. Prefiere esperar que se termine de asar el puerco.

A mí también me brindan pero no tengo hambre y tampoco me gusta el pescado.

Héctor es un viejo bueno pero tiene la manía de tratar de que uno se la pase engullendo. Es del tipo de gente que en vez de decir "Te quiero", te invita a comer.

No sé si dije que es anticuario. Tiene un pequeño local en San Telmo, lleno de cosas viejas y hermosas, al estilo de mi bello mantel tejido y de galleticas y cajas de té. Le encanta el té. Su amor lo llevó hasta Japón. Dice que una persona no sabe lo que se pierde hasta que no participa de una ceremonia del té.

Me voy a orinar. Juro que no puedo más. De pensar en una taza de té me dan ganas de ir al baño. No me gusta. Sólo bebo café.

Pepe está parado al lado de la puerta que une la cocina con el living. Es un espectador de lujo. Siempre escoge el mejor lugar. No sé qué piensa pero con un poco de imaginación podría acercarme. Ni él ni Marcia se han mirado mucho desde que llegaron. Es incómodo. Lo sé. Lo sufro.

Quien parece tener total dominio de la situación es El Tuerto, que sigue en el balcón dando vueltas y vueltas a las brasas. Ya se siente el olor. Yo lavo los platos mientras los demás se sientan en el living.

Nunca creí que podría fingir tanta tranquilidad, pero lo hago.

Respiro profundo y huelo el aroma del cerdo. Algo sucede en mí. Algo que no puedo precisar. Quito mi vista del pobre animal.

–Che, ¿está bueno el pescado? –grita Marcia.

–El secreto está en los condimentos. ¡Son afrodisíacos!

Don Héctor se ríe maliciosamente. Le encanta hablar de sexo. Es una verdadera enciclopedia, transpira conocimientos. Sé que si a alguien envidia es a Afrodita, la diosa griega de la belleza y el placer. Una vez lo confesó. La odia porque no le dio belleza. Héctor es terriblemente feo, pero la ama por haberle dado la oportunidad de tantos conocimientos. La verdad es que nunca le pregunté si llevaba sus conocimientos a la práctica, más allá de su afán masturbatorio.

Marcia no lo conoce, pero le ha dado felicidad. Él siempre busca a alguien que lo escuche, pero vivimos en un mundo en el que la gente tiene poco tiempo para escuchar y menos a un viejo que ahora habla de estragón, comino, pimienta, un chorrito de alcohol, un pedacito de pene de león, orquídeas, huevos de ostras..., es una combinación florida y creo que difícil de digerir, pero a su juicio potente y capaz de lograr los mayores orgasmos y las erecciones más violentas y prolongadas.

El viejo está feliz mientras cuenta. Sé que cuando habló de erecciones, no lo hizo para acomplejar a Pepe, quizá le estaba pasando el consejo o qué sé yo, porque tiempo para tratar de desentrañar la receta no hubo. Marcia empezó a llorar con unos sollozos largos. En un primer momento le eché la culpa al Habana Club. Desde que llegó a mi casa comenzó a servirse y servirse enormes vasos del licor. Pensé decirle que tuviera cuidado, que podía emborracharse, pero me pareció fuera de lugar. A mí el ron no me hace efecto. A mí no, a ella sí.

-¡Soy frígida! -gritó histérica mirando a Pepe y a El Tuerto. El viejo Héctor enseguida comenzó a sentir culpa.

-¡Casi nunca llego al orgasmo! No me hable de uniorgasmia y multiorgasmia, yo conozco la anorgasmia y de información y terapia sexual sé más que usted.

El viejo se quedó de palo. Yo también. Creo que todos, pero ella siguió gritando.

-¡Cogedores de mierda!

Cuando terminó parecía una mujer desinflada. Con los ojos rojos, la pintura corrida, la chaqueta colgándole en el cuerpo y una mueca extraña en la boca.

-¡Yo sé que existe el punto G! -dijo volviendo a la carga.

Pude decirle que yo también, pero no lo hice.

-¡Quiero que alguien me lo descubra! No que prometan que lo van a hacer.

Marcia nos mira a uno por uno. Todos desviamos la mirada.

–A ver, ¿por qué soy frígida?

Era una pregunta difícil. Nadie le contestó. Bien pude haberle dicho que si alguna vez se lo descubrían, le iba a dar ganas de orinar, pero ella siguió gritando:

–¿Por qué soy frígida? ¿Por qué no ustedes? Soy una mujer normal. Tengo un buen trabajo, una buena casa, auto, me voy de vacaciones dos veces al año. Tengo todo lo que hay que tener para ser feliz. Por qué la naturaleza tenía que burlarse de mí de esta forma. Decíme.

Dijo "decíme" y nos volvió a mirar, se detuvo en El Tuerto y luego en Pepe, pero ellos dos no se dieron por aludidos y eso la enfureció.

–¡Ustedes dos! Pensar que por ustedes dos yo moví montañas y ninguno pudo hacerme feliz, ni siquiera fueron fieles. Se las dan de calientes y no saben distinguir cuándo una mujer llega al orgasmo. ¡Ay, Dios, dale más, máaaas, máaaaaaasssss! Eres mi mejor hombre. Sssssssssssssss.

Se está retorciendo. ¡Mi madre!, ¿qué carajo es eso? Finge un orgasmo y le queda bien. Cualquiera pensaría que acabó de verdad pero no, porque sigue gritando. Me imagino que fingiendo sería más tranquila.

–Les dije todo eso, pero era mentira. Ninguno de ustedes fueron mis mejores hombres. Los dos, cada uno por su lado, creyendo que su manera de hacer el amor era la mejor y que no había necesidad de preguntarme si me gustaba porque estaban seguros de que sí me iba a gustar, pero óiganme bien.

Se quedó callada y nosotros esperando.

–Óiganme bien... no sentí nada con ustedes. Tuerto, me jodiste el culo y nada; Pepe, me prometiste la luna y nada. Ninguno de ustedes, ustedes dos incluidas, sabe lo que es vivir con esta cruz. Se pasan la vida hablando de penes y vaginas.

–Bueno, Marcia, de algo hay que hablar, si no la vida sería muy aburrida. Y cada cual habla de lo que conoce.

Yunisleydi estaba molesta y metió la pata. La cara de Marcia parece una amapola de roja. ¿Hay o no amapolas en Cuba? No me acuerdo. Por suerte Yuni es negra. Marcia le va a caer encima a Yuni que la mira azorada ante la cara de loca que pone Marcia.

–¡Yo sé lo que es un pene! ¡Claro que lo sé! He visto millones en mi vida, quizá más que vos. De todos colores, hermosos, grandes, pequeños, negros, blancos, limpios, sucios, de todos. Los traté como si fueran mis hijos, los acaricié, los adoré. Les enseñé el Kamasutra, dejé que me penetraran y que me hicieran mierda, pero ninguno, óiganme bien, ninguno pudo despertar mi propio sexo.

Marcia hablaba y se apretaba la vagina con fuerza como si quisiera desprenderse de ella. Realmente era triste. Estaba segura de que tal como se presentaba era desconocida incluso para los dos hombres que habían sido sus amantes.

Tuve ganas de reírme o de llorar, es tan deprimente que nadie te conozca.

Marcia guardaba un secreto que un simple plato de pescado sacó a la luz. Los caminos de la verdad son impredecibles. Pero si pienso así puedo llegar a convertirme en una de esas mujeres que caminan por ahí tratando de convencerte de que sólo Dios trae la paz.

Paz necesita Marcia.

Paz y orgasmos, y menos fantasías sexuales como las que está contando.

–Sueño que tengo una vagina poderosa, una vagina con dientes que atrapa a todos los miles de falos incapaces de hacer llegar a un orgasmo a una mujer.

Juro que Pepe se tocó el pene.

–¿Por qué ningún hombre sabe la simple respuesta que puede resolver el mayor problema en la vida de una mujer?

Quise preguntarle cuál era, pero ella se encargó de decirlo sin necesidad de que yo hablara.

–El estilo sexual no es permanente, sino cambiante y en evolución.

Eso yo lo sabía y creo que todos los que estábamos en la sala también.

–Me masturbo –dijo Marcia con seguridad.

Seguro que pensó que ninguno de nosotros lo hacíamos. En solidaridad levanté la mano como diciendo "yo también". Pero nadie me hizo caso. Y ella siguió:

–Me lo recomendaron en terapia sexual.

Miró a don Héctor que asintió con la cabeza. ¿Qué carajo estaría pensando el viejo?

—Exploro mis genitales con mis manos y me miro en un espejo.

Es loquita la Marcia, una loquita que utiliza palabras finas.

—Pero nada logro. Ni pepinos, ni consoladores, ni manipulando mi clítoris, ni el meato urinario, nada, nada.

—¿Qué es el meato urinario?

¿Por qué sabía que Yunisleydi iba a preguntar?

—La perilla —respondí a lo cubano.

La negra se sorprendió. Seguro que estaba tratando de que no se le olvidara lo del meato urinario para utilizarlo alguna vez. Le encantan las palabras finas.

—Yo no tengo la culpa, pero sigue comiendo pescado, quién sabe, va y todo se resuelve.

El afán por resolver las cosas había aflorado en Yuni. La pasión nacional cubana por querer darle respuesta a todo. Me reí y, por supuesto, Marcia la tomó conmigo.

—¿Qué creés, boluda de mierda, que vos sos mejor que yo?

—No he dicho nada.

Dios sabe que intenté aplacar los ánimos. Pero continuó:

—Vos, que apenas sos media mujer.

—¿Qué?

La voz sorprendida de Yunisleydi me dio rabia, seguro que ahora se estaba imaginando que yo era medio lesbiana o cualquier cosa de ésas.

—¿Qué quieres decir, Marcia, con eso de media mujer? —pregunté convencida de que iba a hablar de la traición de Pepe. Pero no, porque dijo:
—Usás tetas de algodón y yo no.
Todos empezaron a reírse. Yo no podía. Estaba verdaderamente avergonzada. Sólo Héctor y Pepe sabían mi secreto. Pepe era el traidor. Quise mirarle la cara para ver cómo se sentía pero sólo vi la puerta del baño cerrándose. Algo tenía que decir en mi defensa pero no sabía qué. Hablar de pudor no tenía sentido.

Los miré a todos, uno por uno, de pronto me había quedado sola en medio de la sala. La denuncia de Marcia me hacía parecer tan tonta, tan pobre, tan estúpida, que se me salieron las lágrimas. A nadie debía importarle pero ahora todos sabían que yo no era la mujer que pretendía ser. Esa mina sensual de pechos globos, lista para acoger mamíferos. Nunca iba a poder asumir en público el porqué de mi mentira.

¿Cuándo fue la primera vez que sentí lástima de mi cuerpo? Tenía trece años y era la primera vez que iba a una escuela al campo. Ciento cincuenta proyectos de mujeres, algunas ya lo eran de verdad, compartiendo día y noche ochenta metros cuadrados. Ciento cincuenta niñas demasiado pequeñas para soportar seis horas de trabajo en el campo y demasiado aburridas para no inventar en qué entretenerse. Ciento cincuenta niñas jugando en la competencia de las tetas.

La idea se le ocurrió a una de mis mejores amigas. En ese entonces tenía catorce años y usaba la talla grande. Años después me la encontré y parecía un general, pero creo que por aquel entonces aún no era lesbiana. Ella era la encargada de medir los centímetros y anotar a las postulantes. En una emulación tal como se hacía de día en el trabajo, pero ésta era de noche y con la particularidad de que se participaba con el pecho desnudo.

Un día me animé y me presenté en el concurso. Cuando desnudé mi pecho todas se echaron a reír. Desde entonces me llamaron frijol. Nunca más lo hice.

Cuando me convertí en mujer, la falta de tetas no me afectó mucho. Lo que me faltaba por *alante* me sobraba por atrás. Hasta que llegué a la Argentina, entonces mi vida cambió y el viejo ataque de pudor adolescente volvió. Hice todo lo posible por esconder mi trasero, aquí no se usa, y un día encontré la solución para no pasar desapercibida, me puse las tetas de algodón. Como todos los hombres me miraron las seguí usando.

Debo confesar que mi autoestima mejoró. Es terrible estar lejos, tener pocos amigos o no tenerlos y que nadie te mire.

Si digo que de esa forma logré llegar cerca de la felicidad quizás exagere, pero me sentía bien, y eso es importante. Quien alguna vez ha sido feliz, después el tiempo no le alcanza para lamentarse. El dolor aumenta y también la humillación. Que hubieran descubierto mi secreto me dejaba sin fuerzas.

Los miré a todos.

Es curioso cómo una cara cambia cuando una las mira a través de las lágrimas. Me subí la remera hasta el cuello, metí las manos, ambas a la vez, en el corpiño y saqué los pedazos de algodón transpirados que cayeron al piso, ante el estupor, creo que era eso, de los demás.

Nadie habló por unos minutos. Creí que pasaban siglos hasta que se escuchó la voz de don Héctor:

–Soy gay.

La frase sonó extraña.

En Cuba nadie dice así. De encontrar alguien presto a semejante declaración diría: Soy maricón. Es una frase más varonil. Pero lo que dijo Héctor fue: "Soy gay", y comenzó a reírse mientras me hacía señas para que me bajara la remera.

Debí imaginármelo. Héctor era demasiado fino y siempre que hablaba levantaba la mano izquierda con un movimiento delicado tal como si estuviera con un abanico de plumas abanicándose en un palco del teatro García Lorca, en La Habana, o en el Colón de aquí.

A decir verdad nunca he ido al Colón. Pero al García Lorca sí. Tenía una amiga que estaba enamorada de un bailarín. Él nos regalaba las entradas y allá íbamos. Conocí a Alicia Alonso y a todas las demás bailarinas, flacas, estiradas, peinadas con un moño y caminando con las piernas abiertas. Les tenía envidia. También conocí a muchos gays, "locas" por el ballet.

Héctor se les parecía.

De nuevo mi mente cochina trabajaba. No podía imaginarme a don Héctor en el acto de poseer a otro hombre. Me parecía ridículo. Creo que de besar a alguien, ese alguien sentiría cosquillas. Héctor tiene un gran bigote blanco. Pensar en las cosquillas me dio tristeza.

Miré al viejo una y otra vez. A veces uno deja de querer a alguien por algo que hizo o dijo. Pero yo seguía queriendo al viejo loco o loca de Héctor, más allá de su ahora dudosa sexualidad. Pensé así y me sentí mejor.

Él me miró y yo no pude aguantarle la mirada.

Me dio vergüenza. Bajé los ojos y me pareció que al viejo se le escapaba una lágrima pero no estoy segura hasta que finalmente dijo:

–Era una broma. No soy gay.

–Sí o no, ¿en qué quedamos? –preguntó Yunisleydi.

–Definitivamente no.

Todos le creímos, menos ella que insistió.

–No me diga ahora que le da vergüenza. O es que no quiere que le pase como a los que vivían en Gomorra.

–Sodoma.

Ahí yo me di cuenta de que con su declaración quiso desviar la atención de mí aunque tuviera que mentir. Sentí ganas de llorar, a decir verdad tuve más ganas de preguntarle si nuestra naciente amistad necesitaba de esa prueba o si se sentía tan solo que tenía que llamar la atención de esa forma.

Pero él dijo:

—La verdad es que no soy gay, pero me masturbo todo el tiempo. Voy al cine y lo hago. Es casi una enfermedad.

Sé que las caras de los demás eran de estupor. Todos sintieron lástima de él. Tan viejo, tan arrugadito, tan necesitado de que lo miraran sin saber que su gesto podía provocar repulsión, asco o lástima.

—Cuente otro cuentecito —pidió Yunisleydi, sin el menor sentido de la decencia o del respeto.

—No me parezco a Onán.

—¿Quién es ése?

La negra hizo la pregunta mientras me mandaba a prender la luz.

—Onán es un personaje bíblico.

—Oiga, que la Biblia ésa parece ser interesante. ¿Por qué no me la presta un día? Sabe, siempre he tenido ganas de leerla, pero como todo el mundo habla bien del librito, nunca lo he hecho. Usted comprende, ¿no? Hay que desconfiar de lo que la gente recomienda.

—Te la prestaré, hija. Te la prestaré —afirmó don Héctor asustado y cada vez más sorprendido con las salidas de Yunisleydi.

Ésta respiró profundo, convencida de que había impresionado al pobre Héctor. Con un ademán de reina perfecta dijo:

—Bueno, ahora cuente eso del pervertido.

El viejo hizo un gesto de resignación.

—Onán tenía la obligación de fecundar a su cuñada.

–Eso se llama cuerno.

–¿Quieres callarte? –gritó El Tuerto.

Yuni hizo un gesto como diciendo está bien, que hable el viejo y éste siguió contando.

–Onán tenía la obligación de fecundar a su cuñada, dándole un hijo, el que sería considerado como hijo de su hermano fallecido, y por lo tanto heredero de los bienes de su familia. Al no estar de acuerdo, Onán mantuvo relaciones con su cuñada, pero derramó su semen sobre la tierra, tal como nos relata la Biblia.

–Ay, mi viejo, usted me perdona pero más que masturbación eso fue un, cómo se dice, coito interrupto, ¿no?

–Realmente sí, una mala interpretación de la Biblia.

–Bueno, qué le vamos a hacer, cualquiera se equivoca, no se preocupe, mi viejo. ¿Pero entonces si usted no es igual que el Onano ése, es que está enfermo?

–En el siglo pasado los investigadores pensaban que la masturbación podría llevar al retardo mental, a la ceguera, al mongolismo, a la tuberculosis, entre otras enfermedades.

–Dios mío, estaríamos todos enfermos. Aunque usted parece bastante saludable.

–Gracias, hija.

La impudicia de Yunisleydi estaba llegando a su grado máximo. Había centralizado toda la conversación y los demás nos limitábamos a asentir o negar con la cabeza.

—¿Oiga, don Héctor, en definitiva y perdone la curiosidad, lo de usted sirve o no sirve?

Yunisleydi volvió a preguntar con esa forma suya de herir sin darse cuenta.

Pensé que el viejo se iba a echar a llorar pero sólo enfatizó:

—Alguna vez fui joven y no sentí necesidad de nada de esto.

—Búsquese una vieja, todavía está a tiempo —aseguró descaradamente Yuni—. O averigüe, quizás hay un remedio, digo, si le molesta. Si no, siga así. Total...

—Hace muchos años atrás se realizaba la infibulación, que consistía en colocar un anillo en el pene, a los efectos de tornar la erección dolorosa. Y a las mujeres simplemente se les amputaba el clítoris.

—¡Nooooo!

Yuni gritó y se dejó caer hacia atrás en el sillón con las piernas abiertas y en alto, tocándose por encima del pantalón lo más cercano al clítoris.

—¿Por qué me lo van a cortar, si el pobre es feo pero no le hace daño a nadie?

Tuve ganas de pegarle. No tenía derecho a burlarse del viejo. No lo hice a tiempo y me alegro, porque cuando todos pensamos que el ambiente se iba aclarando, ella se empinó la botella de ron y soltó otra bomba:

—Yo fui puta. Ante ustedes Yunisleydi–Cenicienta–Perras Tetas–sesenta dólares. Vendía carne con pelos por las calles de La Habana. Ahora me retiré.

Lo dijo todo seguido, sin tomar aire.

–Cincuenta dólares la noche y no hacía rebajas. A veces no es tan malo ser puta. Una vez me acosté con seis hombres a la vez y –aclaró mirando a Marcia– casi nunca llegaba al orgasmo. La mayoría de los hombres no sabe templar. Sólo les gusta mirar la leche correr.
　Demasiado visual la Yuni. Seguro que todos se estaban imaginando lo difícil o fácil que sería vender carne con pelos por las calles de La Habana.
　–Me violaron cinco veces: un policía, un turista italiano, un comerciante español, el negro de la esquina y dos tipos que nunca vi. Ven esto, me lo hicieron una de esas veces.
　Yuni se levantó la blusa dejando ver el ombligo y una cicatriz cruzándole la barriga de parte a parte. La herida había cicatrizado como queloide; podían verse los puntos de la sutura como nudos mal hechos.
　–Todavía me duele –aseguró.
　–¿Después de eso te retiraste? –le pregunté.
　Ella contestó que no, se señaló el vientre y dijo:
　–Seguí desguazando hombres, tantos como nadie se puede imaginar.
　–¿Quién te lo hizo?
　Antes de escuchar la voz de Pepe supe que él iba a preguntar.
　–¿Quién creen ustedes? –preguntó a su vez ella.
　–El negro –dije yo.
　–El negro –dijo El Tuerto.
　Los demás se quedaron callados.

—El negro siempre la hace, ¿no? ¡Racistas! No fue el negro, fue el empresario español. Me amaba con locura.

"Te pudo matar", casi le grité. Ella se quedó callada. No sé qué pasaría por su mente. El amor, el odio. ¿Quién conoce sus límites?

—Él me amaba con locura. Me decía: "Negrita, abre las piernitas" y yo las abría. "Negrita, enséñame el botoncito" y yo se lo enseñaba. Hasta que me cansé y lo dejé. Me quiso matar y se quiso matar él mismo. Vive en Asturias. El italiano se llamaba Bruno. Vive en Venecia. Hacía el amor como los dioses. Por él casi me corto las venas. Estuvimos diez meses juntos.

—¿Y?

—Na', en una semana se enamoró de la mulata de la esquina de mi casa. En un mes se casó. En dos meses se la llevó para Venecia. Y allá está la negra montando en gondóla.

—Góndola —dije.

Yunisleydi me miró con los ojos abiertos por la sorpresa. Pensó una respuesta por varios segundos y después dijo:

—Góndola o gondóla, da lo mismo. Total ella está allá y yo estoy acá sin gondóla ni na' que se le parezca.

La imagen de Yuni pasando por debajo del Puente de los Suspiros, etérea ella en la luminosidad de su vestido y sus dientes blancos, blanquísimos, flanqueada por un hermoso gondolero rubio, me dio por pensar en la tragedia del destino.

Yuni y su empresario español.
Yuni y su rubio veneciano.
Yuni y su negro cubano.
Yuni y la soledad.
–No estoy sola.
Me sobresalté. También ella adivinaba mis pensamientos.
–Tengo un novio que es vendedor de autos. Mis amigas en La Habana creen que es millonario. Está loco por mí. También está casado. Todo en la vida no se puede tener, ¿no?
Su voz sonó infinitamente triste. Ella se dio cuenta porque empezó a reírse con esa risa suya contagiosa.
–¿Quieren que les cuente de cómo por poco me convierto en actriz?
–¿Actriz? –preguntó Cara de Tonta.
–Sí, actriz, pero de películas porno. ¿Se imaginan qué mierda?
Claro que nos imaginábamos pero quién se atrevía a decirle algo.
–No acepté y a veces me arrepiento. Yo sólo quería ganar un poco de plata y comprarme una casa en el Vedado. No quería vivir más en La Habana Vieja, sin agua, sin luz, sin nada. Coño, quería mejorar. Después iba a dejar de putear.
–¿Y qué pasó?
–Nada. La película se quedó en eso. El tipo, un finlandés, quería ponerme hacer tortilla. Y qué va, hombres todos los que vengan, mujeres no. Qué as-

co, un par de tetas encima de mí. Así que me quedé en La Habana Vieja, puteando mientras pude. Con la putería nunca reuní tanto como para comprarme una casa. Mi abuela se enfermó y yo quería que se alimentara bien. Trabajaba por la comida. Pero era de madre, mi abuela no quería comer de lo que yo ganaba puteando. Compraba comida y ella la botaba. Me pasaba la vida sudando la papaya y mi abuela jodiendo. ¡Terrible! Luego se prendió candela, dijo que por mi culpa, no quería una nieta puta, se murió y yo me quedé sola. Entonces conocí a Cacho, idéntico a Gardel y como mi vida era un tango me vine para acá. Sólo que siguió siendo un tango. Cacho me dejó por una sueca rubia.

Era una verdadera novela la vida de Yunisleydi, sin embargo, ninguno de nosotros la había adivinado. Pensar en el final de su abuela me hacía sentir mal.

Podrán pasar años y el desarrollo seguir adelante, pero en Cuba la gente siempre va a escoger la muerte de forma violenta. Y dentro de ellas, quemarse es como un exorcismo o una triste herencia quién sabe en quién inspirada. Quizás en el indio Hatuey puesto en la hoguera por los españoles, acusado de rebeldía.

Morirse es de por sí un acto de rebeldía. No sé si la abuela de Yuni pensaba así pero lo cierto es que la vieja se prendió fuego con el querosén de la cuota del mes. Parezco demasiado insensible, pero cómo coño Yuni se las arregló para cocinar después.

–Carne con pelos.

Pepe, inmerso en su pensamientos, repitió la frase varias veces. Lo miré. La imagen era fuerte y algo extraña, pero no como para que hiciera muecas de asco.

Ahí lo comprendí todo. Había una cosa que yo no sabía.

Pepe odiaba los vellos del pubis, los míos incluidos. Tanta frondosidad capilar inferior le daba ataques de escozor en su pija enferma. Eso y no su afán de cambiar fue lo que lo llevó a Marcia.

Pepe buscó a otra por miedo a que su operación fracasara entre granitos y supuraciones.

Alguna vez insinuó algo pero no le hice caso.

—Andá a depilarte —dijo, y lo miré como a un bicho extraño.

Ese placer por las conchas peladas era nuevo para mí, aunque me acordé de un novio que sólo quería tener sexo oral conmigo hasta tanto yo no me afeitara el pubis. Claro que no lo hice. Y él se acostumbró.

Si la situación hubiera sido otra, apuesto a que contaba una historia que había leído.

Seguro que todo el mundo vio *Ocho a la deriva*, esa película de Alfred Hichcock que transcurre íntegramente a bordo de un bote salvavidas. Los pobres náufragos se pasan todo el tiempo mojados. Pues una de las actrices, ésa que tiene la cara extraña, Tallulah Bankhead, muy linda ella, no usaba ropa interior. Todo se le veía, y eso traía mal a los actores, que no podían concentrarse.

Un día se quejaron ante Hichcock y éste dijo:

–No es algo que incumba al departamento de dirección. Quizá pueda corresponder al departamento de vestuario o quizás a la gente de maquillaje. Pero, pensándolo bien, creo que es algo para el departamento de peluquería.

La anécdota me gustó y nunca pude contarla, también en esta ocasión me quedé callada.

Dadas las circustancias, no era muy correcta.

Aunque a decir verdad, ¿quién dijo que todos somos iguales? Más preciso: ¿quién dijo que en la cama todos somos iguales?

Coincido en que es precisamente en la cama donde las diferencias pueden solucionarse más rápidamente, pero las costumbres cambian de país en país, y cómo cambian. No más mirar a El Tuerto coqueteando con Marcia, dispuesto a hacer un nuevo tratado latinoamericano sobre costumbres, histerias y mitos en el sexo.

El Tuerto está dispuesto a encabezar la revolución sexual cubana en la Argentina.

"¿Quién da más?", era lo único que faltaba por decir.

Y Yuni lo dijo festivamente. Como quien dice quién es más feliz. Tuve ganas de señalar a El Tuerto pero me quedé callada.

El silencio lo interrumpió de nuevo ella.

–El Tuerto la tiene chiquita.

Sé que del único ojo de El Tuerto cayeron railes de punta y nos ensartaron a todos. El frío del ambiente se hizo sentir. La carne se me puso de gallina. El Tuerto con su único ojo que despedía llamas. El Tuerto, que era el diablo, se había convertido en un diablo disminuido.

–Chiquita pero revoltosa –aclaró Yuni como si hiciera falta.

Él aún no decía nada y era hasta simpático. Sin saberlo, Yuni alivió mis culpas. Con él había tenido sexo, buen sexo, en verdad lo disfruté y ni siquiera me di cuenta de que era cortica y eso hacía que continuara fabulando un poco, pero ahora no podía imaginármelo sin ropa.

Uno siempre tiende a equivocarse y aunque el tamaño del sexo no es tan importante –por lo menos eso dicen los libros– uno siempre asocia hombre grande / miembro grande.

Mi experiencia no decía lo mismo. Una vez tuve un romance con Pequeño Juan, o Juan el del miembro encogido. Era un amante cien puntos, pero cuando se levantaba de la cama siempre escondía la cuestión detrás de su mano con un gesto, después descubrí, estudiado. Lo mejor es que uno no se daba cuenta de lo que le faltaba si no lo veía con la luz encendida, o él lo confesaba. Acostumbraba llamarme por teléfono y decirme: "Aquí Pequeño Juan".

Pero lo más interesante era saber que Yuni y El Tuerto habían tenido algo. Marcia los miraba a ambos con más odio, si esto era posible.

Ella se dio cuenta y la miró.

–Chiquita, por mí no te preocupes, la culpa la tuvo el frío y para mí, desde hace mucho tiempo, El Tuerto es sagrado. No te confundas, vivimos en la misma casa pero no en la misma cama. Él es mi hermano.

–Un hermano con el que te refregás, puta.

Marcia casi que le escupió el rostro a Yuni.

–Eso ya lo dije yo antes. Fui puta, pasado, pretérito. Lo fui. Ya no lo soy.

–La que lo es una vez lo es siempre.

–Mentira.

–Mentirosa sos vos.

–Ya, chiquita, tú tranquila. No me importa tu hombre o tus hombres, porque Pepe se lo quitaste a Greta, se lo quitaste. Así que no te hagas la mosquita muerta.

El eterno dilema de las mujeres tú me quitas, yo te quito.

Intenté decir algo y lo dije:

–Pepe se fue solo.

–Sí, porque ella apareció.

–¿Y qué? Va y se iba contigo también. ¿Quién sabe?

–Los maridos de mis amigas son sagrados.

–No lo fue El Tuerto.

–Pero si él no es de nadie. Tiene como veinte mujeres a la vez. ¿No es así, Tuerto?

Qué diría él. Qué podía decir. No dijo nada. Empezó a reírse sentado en una silla en el balcón mientras miraba cómo el cerdo terminaba de asarse. Aun así tenía que estar herido en su hombría. A los hombres no les gusta que nadie diga cosas como las que dijo Yuni y, en fin, por qué Yuni tenía que decirlo si nadie le preguntó.

El Tuerto entró al apartamento. Se dirigió a la mesa de la cocina y tomó un cuchillo. Nos miró y cortó un limón justamente por la mitad. Comenzó a exprimirlo con movimientos certeros de su muñeca. Cuando no salió más jugo lo botó en el tacho de la basura y abrió la canilla del agua.

Creo que estuvo casi cinco minutos lavándose las manos de espaldas a nosotros. Si alguien hubiese tomado una foto nos habría visto la cara de comemierdas sentados en el sillón esperando que él se diera vuelta. Y se dio.

Nos volvió a mirar con su único ojo. Se sonrió, con esa sonrisa medio torcida que tiene y se bajó los pantalones.

No tenía ropa interior.

Sé que todos miramos. Yo del nerviosismo sólo vi pelos y pelos. Él se volvió a alzar los pantalones.

–¿Satisfechos?

Nadie respondió, ni siquiera Yunisleydi. Realmente no me imaginé que tendría semejante reacción.

Todos estábamos un poco locos, un poco exhibicionistas.

A esa altura de la noche, yo había enseñado mis pechos y El Tuerto, su pene; Marcia se había declarado frígida, Yunisleydi, puta; el viejo Héctor, primero gay después onanista. Parecía no faltar nadie. Sólo quedaba Pepe.

Éste dijo:

—Tengo una pija eterna.

Eso es lo que me gusta de él. Su amor por la poesía. No dijo pija mecánica, ni de hierro, dijo pija eterna.

—Necesito un hierro que levante mi inservible miembro. Soy un caso médico de impotencia prematura y soy lo que se dice un pionero en trasplante.

—¡Noooooooo!

El grito de entusiasmo de Yunisleydi se volvió a escuchar. Mi cuerpo tembló de rabia.

—No sabía que ahora se hacía trasplante de pija.

¡Macabra de mierda! De nuevo se equivocó la negra.

—Le quitaron la cosa a un muerto y te la pusieron a ti. Es estupendo. La verdad es que los médicos se la comieron. El coco les quedó echando humo. Ves, Tuerto, te lo dije, la medicina aquí sí es de pinga.

¡De pinga!, la frase preferida del cubano, tan metafórica y tan real. Sólo que la operación fue hecha allá, en Cuba.

—La verdad es que la ciencia es la ciencia —dijo El Tuerto.

—A mi tío le trasplantaron un hígado —informó Marcia.

Todos la miramos. El viejo Héctor dijo suavemente:

—Lo de él no tiene que ver con el hígado.

–Lo sé –confirmó Marcia, mientras se peinaba su largo pelo rubio–. Pero más o menos es lo mismo.

–No es lo mismo –anunció Pepe y me pareció que sonreía.

–Oye, socio, y no te dio cosa, digo miedo, tú sabes, que te anduvieran en la cosa.

La pregunta de El Tuerto tenía lógica. Seguro que Pepe había tenido miedo. Pero dijo que no.

–Sabés, lo que me pasa es algo tan viejo como el hombre.

–Sí, los romanos para evitar eso tomaban huevos de esturión. En Cuba hay mangle rojo y PPG.

Quise preguntarle a El Tuerto cómo sabía lo de los romanos, pero imaginé que era mentira y me callé a tiempo porque él hablaba del PPG.

–Mira, chico, el PPG es lo mejor para el aparato, una pastillita hoy, mañana otra y el hierro se te pone fuerte. ¿Sabes por qué le dicen PPG?

–No –contestó Pepe.

No quise mirarle la cara cuando oyera la respuesta.

–PPG, Pija Para Gozar.

La risa estruendosa de Yuni se escuchó.

–Cuando yo conocí a El Tuerto me pidió PPG y me dijo que era para vender, pero era para él.

El Tuerto no le hizo caso a Yuni. Intentó ignorarla con una sonrisa como si bastara el simple movimiento de sus labios para detener la verborragia de la mujer. Y se equivocó porque, nunca como esa noche, Yuni tenía ganas de hablar, de soltar de adentro suyo palabras y palabras y palabras como las que decía en las noches de La Habana ante un público más acogedor, presto a reírse ante su primera sílaba. Ella siguió riéndose y él buscó la complicidad de Pepe.

–Oye, compadre, yo sé lo que es que no se le pare a uno. A mí me pasó como dos o tres veces y para qué te cuento.

–¿Una o dos veces? Para mí que fueron como mil.

Todos nos miramos cuando Yuni terminó de hablar. ¿Qué pasaba entre ellos? Ella se dio cuenta.

–Tuerto, tú me lo contaste. Con la vieja con la que viniste para Argentina no se te paraba.

El Tuerto se quedó callado. Las aletas de su nariz buscaron el aire que entraba por el balcón y sintió el olor del mar; el salitre del Caribe rompiéndole las venas de la nariz con su poder. Volvió a respirar con más fuerza y entonces le llegó el olor triste del río. Sonrió con resignación. Fue apenas una sensación, un breve ramalazo de nostalgia que le llegó en el momento más inoportuno. Él, de frente al mar, parado en el muro del malecón después del sexo, pensando, mientras se serena, si la aventura de acompañar a los tiburones no será mejor que la de fornicar sin amor, para luego decidir que el hombre es diferente y mirándose la portañuela abierta concluir que hará todo lo que sea necesario por salir de Cuba.

–Él vino con una vieja que para meterle el diente había que estar borracho. ¿Tú lo estabas, Tuerto? –preguntó Yunisleydi.

Él no respondió y ella siguió hablando.

–La mirabas de lejos y era un niña, de cerca era un espanto. Tenía como cien cirugías plásticas y como cien arrugas. ¡Terrible! El Tuerto comió carroña por mucho tiempo, aunque después se desquitó. Es el hombre más mujeriego que conozco. Le conté más de quinientas mujeres. De verdad, no miento –aseguró Yuni como si tuviera que convencernos. Quería de todas maneras arrancarle una confesión a El Tuerto, pero éste no se daba por aludido hasta que dijo: "Los hombres no hablan mal de las mujeres" y otras cosas por el estilo.

El Tuerto se metió a jinetero en las noches de La Habana. El Tuerto quería irse y lo logró a puro sexo. Saber su verdad me hizo daño. Supe que de un momento a otro mis lágrimas saldrían prestas a inundar una vez más Buenos Aires.

–¿Greta?

–¿Qué quieres, Yunisleydi? –le pregunté de mala manera, pero en el fondo agradeciendo su atención. Tenía necesidad de pensar, de hablar de cualquier cosa que me hiciera olvidar que todos, de alguna forma, habíamos utilizado el sexo como arma.

–Ay, esta muchacha, tienes la leche cortá. ¿Qué te pasa?

–Nada.

–Sólo te iba a decir que si regresamos a Cuba no

vamos a tener machos. Las extranjeras están acabando con todo lo bueno. Si me gano la lotería me compro toda la ropa de Gino Bogani y me voy para allá. Alquilo una limusina y me dedicó a atrapar papis sabrosos. El que más me guste, me lo traigo para acá.

—Con toda esa plata, yo me quedo en Cuba.

—Sí, chica, está bien, pero el papi seguro que quiere conocer el extranjero y le doy el gusto.

—En mi tiempo las mujeres no hablaban así.

La voz del viejo Héctor sonó rara. Estaba molesto.

—Abuelo, a coger, a coger que el mundo se va a acabar. Si quiere le regalo unas pastillitas de PPG para que reciba el nuevo siglo en la gozadera.

—Gracias, hija —dijo el viejo con una mueca que pretendió ser una sonrisa y de nuevo se quedó callado. Yuni se rió:

—Usted se lo pierde —y se viró hacia Pepe—. Cuando vine para acá traje doscientos paquetes de PPG. Los vendí todos. Con eso viví cuando el hijo de puta de mi novio me dejó. Si te hubiera conocido te los habría dado bien barato. ¿Quieres que te consiga? Vaya, sin compromiso, tengo un amigo allá que me lo puede mandar.

—No, gracias.

La respuesta de Pepe no se hizo esperar. Estaba cansándose.

—¡Greta!

—Sí.

La voz de Yuni me hizo temblar. ¿Qué diría ahora?

–Yo te aprecio y por tu hombre cualquier cosa.
–Lo sé –no pude dejar de decirle.
–Pero no te preocupes, todo está bien.
–¿Y si se le infecta la cuestión?

Yunisleydi me preguntaba como si yo tuviera que saberlo todo. Me armé de paciencia. Me daba vergüenza con Pepe pero no sabía qué hacer.

–No se va a infectar, Yuni.
–Bueno, pero si pasa.
–¡Chica, si se infecta se la sacan! Y ya está bueno de hablar mierda.

Perdí la ecuanimidad que hasta el momento me había acompañado y le contesté como tenía que haber hecho desde que empezó con sus preguntas. Mal.

–No era para tanto, esta chiquita. Si te ibas a molestar me lo hubieras dicho.

Yuni se volvió hacia Pepe y señaló hacia mí.

–Oye, tú, lo que necesites ya sabes. No hablo más porque ésta, tu novia, se molesta.

–Gracias, Yuni.

Pepe intentó ser cortés. Darle las gracias era lo peor que podía haber hecho, porque la terrible curiosidad de Yunisleydi volvió a prenderse.

–Pepe, Pepito, como no te pones bravo, podrías decirme... ¿te dieron mucho dinero?

–¿Dinero?

El pobre Pepe no entendía. A la negra el signo de peso le chifla el coco.

–Si fuiste el primero no me digas que te dejaste hacer la operación gratis.

-No fui el primero –contestó Pepe con su infinita paciencia–. Puedo averiguarte quién fue, pero quizá me cueste trabajo, porque, sabés, fue en 1936, yo no había nacido, en esa época se colocaban cartílagos en el dorso del pene, por fuera de la albugínea de los cuerpos cavernosos. Después llegó la era moderna de las prótesis de pene, no de las del tío de Marcia, con la prótesis semirrígida de Small-Carrion y en 1973 se desarrolló la prótesis inflable de Scott.

A Pepe con su explicación le salió la pedantería porteña. La pobre Yuni no se dio cuenta de que le estaba tomando el pelo. Tanto conocimiento en la voz del hombre le dio sueño.

-Estás hablando igual que don Héctor, demasiado finos. No entendí nada –anunció y era sabido. A punto de tomarla por el cuello y ahorcarla ahí mismo le dije:

-No importa, de todas formas a ti no te hace falta una.

-Es verdad.

Pareció convencida pero no por mucho tiempo porque miró a Pepe, fijamente.

-De todas formas, mi hermano, perdona que te lo diga, aunque lo que te pusieron no sea de un difunto desde que tú entraste aquí hay olor a muerto.

-Yunisleydi.

La voz de Pepe sonó hermosa.

-La prótesis no huele y yo me bañé.

-No digo que no, pero hay olor a muerto.

–No comas más mierda quieres y no seas tan estúpida. Pepe no tiene nada que sea de un muerto –le grité y juro que tuve ganas de matarla. Pero a la vez olí y olí. Algo había en el aire, algo que también había sentido El Tuerto. Miré a los demás pero nadie parecía haberse dado cuenta de algo anormal y traté de tranquilizarme.

–Hay olor a cerdo.

–A muerto, Greta. El cerdo es sólo una excusa. Changó hace rato que anda por acá. Lo huelo.

–Yo huelo el cerdo –lo dije molesta porque una cosa era empezar a reírse de Pepe y otra empezar con el lío de los santos.

–Tú, Greta, nunca sabes nada.

Había lástima en la voz de Yunisleydi y una cadencia diferente, como si fuera miedo lo que había detrás y era miedo. Fue un golpe mortal para mí. Empecé a temblar. En un momento miré al balcón y me pareció ver al viejo brujero Agustín diciéndome adiós con el gallo negro en la mano. El gallo negro decapitado.

Cerré los ojos. Cuando los volví a abrir era mi madre la que me decía adiós. Mi madre colgada del hombro verde de Fidel Castro, repitiendo una y otra vez: "Es tu padre", "Es tu padre".

Detrás de ellos, en la Plaza de la Revolución, frente a una multitud que enarbolaba banderas, mi padre Alfredo y mi amigo Jacobo se besaban en la boca con una largo beso de lengua.

En un principio pensé que era la bebida la causa de mis alucinaciones. Mi vida pasaba ante mis ojos con una rapidez de semáforo. Mi vida distorsionada y cochina, pero ahora sé que no fue el alcohol, sino el olor del puerco el que precipitó las pasiones.

Yunisleydi sabía que cualquier cosa podía pasar. Fue la única que adivinó el poder relevante de los olores. En un principio me pareció una explicación demasiado simple para lo que nos ocurría, pero después me convencí.

El pasado es peligroso.

Nunca debí dejar que El Tuerto rompiera los mosaicos del balcón para asar el puerco. En el mismo momento en que lo hizo comenzamos a enfermarnos de nostalgia y ésta, se sabe, es impredecible cuando te agarra con fuerza, te destroza, te perfora y después eres un cuerpo-moco que sale al exterior en un simple estornudo, que de tan simple es capaz de arrasar con una isla o con un país.

De tanto repetirlo, El Tuerto casi me convenció de que éramos demasiado simples como para no creer que estando lejos era posible acostumbrarse a todo. La nostalgia total sólo era para los elegidos y nosotros no lo éramos. Por lo menos no en el sentido exacto del término recordar. Nos asimilábamos cada vez más al nuevo país y el hecho de asar un puerco junto a amigos no nos iba a hacer daño. Era como forrarnos el corazón con material aislante y esperar la tormenta, seguros de que poca agua veríamos correr cerca de nosotros.

Yuni no estaba de acuerdo, Yuni estaba lejos pero seguía estando allá, en la isla.

Si alguien hubiera hecho caso a las señales de peligro que cada uno envió con sus códigos, tendríamos que haber ido hasta el balcón y tirar al aire el puerco con su olor embrujado. Pero estábamos demasiados borrachos y éramos demasiado adultos como para creer en exorcismos.

Sé que ninguno pareció darse cuenta de que era tarde en la noche. En algún momento, Pepe me hizo un gesto dándome a entender de que debíamos perdernos. Dejar la casa y salir, los dos, solos. Pero no quise entender. Allí estaba también Marcia, sentada a mi lado y el código secreto de miradas quizá también era para ella. Yo estaba en mi casa, y a pesar de todo, segura. Le tiré un beso con la punta de los dedos y lo miré caminar hacia el balcón. Casi enseguida me arrepentí y empecé a cantar. Sé que desafino y esperé ver la sonrisa de todos, pero nadie se rió.

¡Mierda de fiesta! ¡Mierda todo!

–¡Ven, Pepe, ven! –grito, pero él no me hace caso.

Hace mucho que oscureció en Buenos Aires. Veo una estrella azul, brillante, lejos.

–¡Ven, Pepe, ven!

Quiero que también la vea pero sigue sentado en el mismo sillón. Alguna vez le conté de las fiestas en La Habana, seguro que se siente desfraudado y por eso no viene.

–¡Ven, Pepe, ven!

Él no mira a Marcia. ¿Por qué? ¿Tendrá vergüenza?
–Con una lata y un palo bailo el rico son cubano. Canto y canto.

Marcia se rasca una nalga. Vi cuando El Tuerto se la pellizcó. Yuni huele a sudor. Desde aquí siento su vaho.

Pensé que Pepe de nuevo iba a adivinar mis pensamientos y mirar el puerco y sentir lástima, aunque nunca se convertirá en vegetariano. El placer morboso de comer carne animal está acendrado en sus costumbres. Su paladar, acostumbrado a masticar, deglutir y saborear, recibirá la carne de cerdo, aunque luego se queje de un insoportable dolor en el hígado.

Pepe parece ayudar a El Tuerto que de tan silencioso parece que no existe y atiza el carbón. Mirar a los dos hombres separados por unos centímetros me causa cosquillas. Es tan raro.

–Falta poco. Ten cuidado, que te vas a quemar. No te acerques más. No hay espacio –anuncia El Tuerto, que transpira y mira a Yuni a unos pasos del balcón.

Ella no le hace caso. La vi levantarse como si tuviera frío, pero hace calor. Se quita los zapatos y con los pies descalzos pisa la brasa ardiendo como si no sintiera dolor. Suavemente se va agachando hasta clavar sus rodillas en el fuego, con ambas manos aprieta la cabeza del cerdo que chorrea grasa y lo besa en la boca.

–Tú y sólo tú eres el culpable. Tu olor –dijo y comenzó a llorar de nuevo.

Todos aspiramos casi convencidos de que lo que estaba pasando era culpa del cerdo. Confieso que se me quitó el hambre.

–¡Changó dice que botes el puerco! –gritó ella mirando fijamente a El Tuerto, mientras los pies, la rodilla y la boca se le convertían en llagas.

–¡Te quemaste! –aullé yo.

El viejo Héctor se levantó con los ojos fuera de las órbitas y la boca abierta como si fuera a pedir auxilio. Me lo imaginé gritando en el balcón, pero de pronto se volvió a sentar. Creo que El Tuerto le dijo algo que lo paralizó. Creo, porque nunca le pregunté. Es algo que siempre se me olvida. Quizá sea mejor que nunca le pregunte.

Marcia comenzó a llorar, se cubrió la mitad de la boca con una mano. Parecía avergonzada.

–No lo puedo creer. No lo puedo creer –repitió una y otra vez. Hasta que la supuse histérica y me reí. Ella siguió cubriéndose la mitad de la boca. Estaba borracha, quizá pensó que era demasiado extraño todo como para opinar. Pero estoy segura de que se convenció de que cubanos y salvajes eran lo mismo.

En un momento El Tuerto la abrazó. Ella lo rechazó por pudor. Colocó sus dos manos en los anchos hombros de él y se quedó mirándolo con aprobación.

No me importa morir –respondió Yuni cuando ya comenzaba a botar pus y sangre.

–¡A la mierda Changó! Nos vamos a comer el

puerco –dijo El Tuerto con ganas de matar a alguien.

Yuni lo miró largamente, creí que había envidia en sus ojos porque El Tuerto todavía abrazaba a Marcia. La miré y me encontré con el fondo de sus pupilas clavadas en la nada. Me dio miedo y creo que me alegré cuando comenzó a hablar.

–¡Ka wo, kabiye si ile, Changó! ¡Emperador victorioso en todos los combates! Dice que tú necesitas un lavado de cabeza y que ninguno de nosotros vamos a ser felices nunca más.

–No importa lo que digas tú –responde El Tuerto y menea la cabeza de un lugar a otro.

–Changó está lejos y no tiene hambre. Está jodido porque no pudo salir de Cuba.

–No te metas con los santos, Tuerto.

–No me meto, que me dejen vivir. Me voy a comer el chancho aunque me lo tenga que comer yo solo.

Sé que El Tuerto estaba cansado pero no quería que nadie se diera cuenta. Había huido tan lejos de Cuba como para sentirse a salvo de cualquier mensaje que pudiera mandarle alguien. A veces se dejaba tentar por el recuerdo y pensaba que quizá debía regresar al país, pero después comenzaba a decir pestes de todo lo que podía recordar y se sentía mejor.

El Tuerto creía haber descubierto el remedio infalible para vivir lejos sin extrañar demasiado. Pero lo que nunca dijo es que antes de marchar su madre casi lo obligó a tomar la mano de Orula. El Tuerto era el hijo traidor de la babaloricha más famosa de Regla.

Decía no creer en los santos, pero sí podía advertir que algo extraño había en el ambiente.

–Es que no sientes el olor a muerto.

Yunisleydi comenzó a escupir una y otra vez. La saliva iba llenando el piso. En cualquier momento iba a ocurrir la inundación o mejor dicho el diluvio. Comencé a imaginarlo.

–No, no lo siento.

Yo tampoco lo sentía. Realmente nunca olí a un muerto y estaba segura de que si a algo olía no iba a ser a cerdo. Claro que cuando uno lleva tanto tiempo fuera de Cuba comienza a olvidar los olores y quizá mi olfato me estaba engañando y lo que yo sentía no era el aroma del cerdo.

No sabía cómo hacer para que el tiempo se detuviera por lo menos en mi olfato y me calentara el alma. Tampoco tenía una respuesta confiable. Creo que ninguno la tenía, ni siquiera Yunisleydi, que en medio de su aparente locura se estaba mostrando la más cuerda. Todo es circustancial en la vida, pura imaginación. Estoy tan segura como que me llamo Greta.

El viejo Héctor y Marcia seguían sin entender nada sentados junto a mí en el sofá. No entendían nada o por lo menos estaban cada vez menos seguros de nuestro grado de estabilidad psíquica. Les sonreí.

Yunisleydi comenzó a retorcerse en espamos interminables poseída por el santo o por la nostalgia, mientras presagiaba el fin del mundo.

Yuni, que arquea sin cesar su cuerpo negro y despierta el placer en el viejo Héctor, que se excita y se tapa con una servilleta.

El Tuerto mueve la cabeza, una y otra vez, y en su rostro hay desagrado. Ni siquiera la más mínima intención de suspender el baile de la mujer, de acercársele, de tratar de conversar. Me mira y dice:

–¡El subdesarrollo, el folclor!

Sabe que con ello explica casi todo. El Tuerto no cree en Yuni. El Tuerto no cree en los santos que, según él, si existieron se quedaron lejos.

–¡Changó, haz caer rayos de puntas sobre esta casa! –grita Yuni y me jode que lo haga. Es mi casa, mi hogar, y para tenerla tuve que irme lejos, muy lejos para que venga ahora ella, o Changó, o la mierda divina, a dejarme en la calle.

–¡Esto es Argentina, Yuni de mierda! ¡Argentina! Aquí nadie cree en tus santos negros.

Pero ella no me escucha, sigue bailando y cantándole a Changó que vendrá y se llevará mi casa.

El Tuerto se acerca y me dice:

–No la escuches. Ya se cansará.

–Pero ella se quemó. Hay que llevarla al médico.

–No le duele. Tiene piel de elefante. Déjala tranquila.

El Tuerto toma a Marcia de la mano. Ambos se pierden en mi cuarto. Me olvidé de cambiar las sábanas.

El viejo Héctor está extasiado, tengo miedo de que crea que está en el cine, y quizá no esté tan equivocado. Qué es sino una película lo que estamos viviendo.

Mis largos años de trabajo y mi increíble memoria visual debieron avisarme antes. Toda fiesta termina en tragedia.

Pero a nadie parece importarle, ni siquiera a Pepe que se mantiene tan tranquilo como nunca pude imaginar. Pepe, inmutable en el balcón, atizando el fuego, dejando que se queme el cerdo, ajeno a los cantos de Yuni en algún oscuro dialecto africano. Ni siquiera le mira los muslos que ella descubre una y otra vez.

Pepe no es don Héctor hipnotizado, ni siquiera El Tuerto probando sus dotes amatorias minimizadas por Yuni, pero al parecer todavía deseadas por Marcia.

Marcia la frígida, que seguro estará patas abiertas, esperando el milagro de Dios en forma de orgasmo.

Pepe no siente el olor a muerto y si Changó en forma de hombre o de santo se apareciera, estoy segura de que él le daría la mano, o no, le daría un beso, con esa forma tierna y un poco maricona que tienen los de esta tierra de demostrar su cariño.

En Cuba los hombres no se besan, los hombres no lloran. En Argentina se besan y lloran y eso me gusta.

No debo beber más alcohol. Un torrente debe

andar por mi sangre. Lo siento golpear mi corazón y acelerar mi pulso. ¡Dios, tengo ganas de vomitar!

Quiero decírselo pero él sigue en el balcón y mira a alguna parte. Debo decir que mi balcón es bello. Nunca debí dejar que El Tuerto lo estropeara. Los angelitos de yeso todavía sonríen con sus bocas desdentadas a pesar de que deben estar cansados de servir de soporte a la baranda. Quizá también ellos puedan sentir el olor del puerco y estén molestos conmigo.

Sonrío y la felicidad no es un estado transitorio. Sonrío y bebo alcohol por mi hombre que me mira. Hay ternura en los ojos de Pepe. Ternura y un poco de locura.

–No estás tan sola, Greta.

Yo quiero hablarle de la estrella, pero lloro, hipo y vuelvo a beber alcohol.

–¡Te quiero, Greta!

–Yo también –logro decir al fin y mi voz suena ridícula, pero quiero a ese hombre y qué es el amor sino la suma de todas las ridiculeces.

Si Pepe fuera otro, seguro que me criticaría a mí y a mis amigos. Entonces yo tendría que decirle que yo soy yo y los amigos a veces no se escogen y son como son y a pesar de eso uno los quiere. Pero él sólo dice:

–Greta, esto es un circo.

Yo me río. Porque él también lo hace y empieza a hacer muecas y es Pepe, el trapecista, el comecandela, el hombre de la orquesta, el payaso y es también el equilibrista que me invita a beber.

Debo reírme y aceptar. No debo vomitar. Vomitar es asqueroso.

Alzo la copa y bebo por mi hombre en el circo. Mi hombre definitivo. El equilibrista.

FIN

Nota

Pepe se tiró por el balcón. El viejo Héctor trató de impedirlo. Pero no lo logró. En su caída se llevó al puerco y su olor. Mañana sale del hospital. A veces vienen a verlo El Tuerto, Marcia y Héctor. Yunisleydi no. Ella al otro día regresó a Cuba sin despedirse siquiera de su novio, el que le gustaba tanto. Dijo que no podía vivir tan lejos y menos en un país con gente tan loca. Que lo de Pepe había sido culpa de Changó y que ninguno de nosotros quiso hacer caso de premoniciones.

Creo que pensó que el intento de suicidio de Pepe también era su culpa. Ella bailaba mientras él caía. Pero en caso de haber culpables lo seríamos todos. Yo estaba borracha. Lo vi subirse a la baranda y alcé mi copa. Desde entonces trato de convencerme de que no sabía lo que iba a pasar a continuación. Pero no estoy segura.

El Tuerto y Marcia hacían el amor. El ruido los interrumpió. Ambos salieron de mi cuarto completamente desnudos. Y creo que hasta un poco felices.

Sólo Héctor pudo, erotizado y todo, correr hacia Pepe.

A veces me siento mal por no confesar la verdad. En el hospital me dieron una carta de Pepe en la que aducía sus razones para querer morir. Una tonta historia entre él y su padre, un viejo con la cosa tan grande, pero tan grande que le permitió actuar en películas porno. El viejo no sufría de impotencia como su hijo.

Al pobre Pepe se le juntó todo. Lo más triste es que lo sufrió casi en silencio. Mira que hubo veces en las que le dije: "No es el tamaño de la varita, sino la magia que hace", pero igual no me creyó, como tampoco lo hizo cuando le dije que lo que yo quería era lo que él tenía dentro, y no lo que le colgaba afuera.

Lo que no quita que su buena dote de hijodeputa siga teniendo. Me pregunto por qué tenía que escoger mi casa y no la suya si quería morirse. Después me doy cuenta de que realmente no quería morirse y eso me da unas ganas terribles de llorar.

Por eso y no por otra cosa no digo nada. Me callo cuando llegan los demás y les sonrío como diciéndoles: "démosle ánimo al pobre Pepe".

Sólo me queda alguna duda cuando pienso en Yuni, me pregunto si al no decir la verdad la estoy induciendo a que vuelva a vender carne con pelos.

Por ahora estoy más tranquila, en su última carta afirma que trabaja de mucama en un hotel, de esos nuevos que construyeron en La Habana y que el dinero le entra más fácil que aquí.

De los demás tendría mucho que contar pero termino aquí.

Héctor no volvió más al cine y perdió las ganas de masturbarse en solitario.

El Tuerto ahora es fiel, se va a casar con una tucumana a la que parece no importarle que la tenga chiquita y va a ser padre. Renunció a la ciudadanía cubana y habla como argentino. Es una muestra total y completa de adaptación al ambiente. Rompió el pasaporte cubano ante mis ojos y me dijo:

–Vos tenés que olvidar.

Pepe cada día está mejor de las fracturas que sufrió. Dentro de dos meses irá de nuevo a Cuba y quizá se quite la prótesis. Asegura que la cosa ya se le levanta sola y que la muerte es demasiado fea como para mirarle la cara otra vez. Arregló con el consorcio de mi edificio para pagar los gastos que ocasionó en su caída. Desde que el psiconalista lo visita tres veces a la semana se cree inmortal.

Marcia aún es frígida y también piensa ir de vacaciones a Cuba. Se hospedará en casa de Yuni. Tres veces me preguntó si en quince días era posible conocer a alguien como El Tuerto.

Yo decidí ponerme silicona en los pechos y no ocultar más mi trasero. También voy a botar a la basura este cassette y la dichosa grabadora o grabador. Creo que ya no lo necesito. Sigo con Pepe y estoy casi segura de que lo acompañaré en su visita a la isla. No sé si veré a mis malditos padres. Realmente no es algo que me preocupe.

Si algo bueno trajo aquella noche fue saber que Yuni tenía razón. El olor del cerdo, instalado para siempre en mi olfato, rompe con la nostalgia. Ahora mis sueños son más tranquilos. Sueño con palmeras y con inmensas plantaciones de caña de azúcar y con el camello, esa especie de colectivo tropical donde casi siempre paseamos mi cuerpo y yo por las calles de La Habana.

Todavía no hablo de política, aunque tengo ganas.

Greta
Buenos Aires,
año 2000

Índice

A 11
Pepe 129
B 141
Nota 205

Esta edición
se terminó de imprimir en
Grafinor S.A.
Lamadrid 1576, Villa Ballester,
en el mes de junio de 2000.